Damon Runyon

ELES E ELAS

Contos da Broadway

SELEÇÃO, TRADUÇÃO E PREFÁCIO

Jayme da Costa Pinto

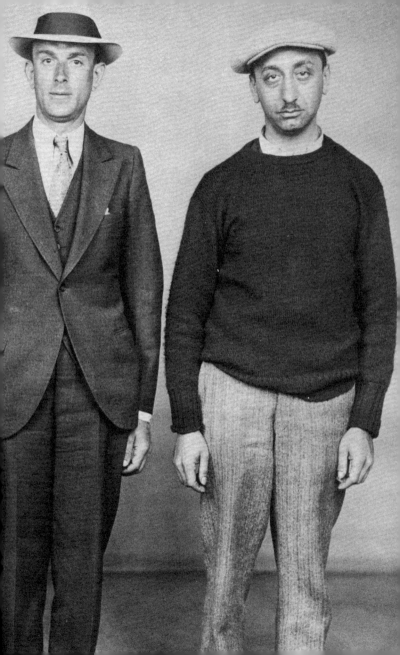

SUMÁRIO

O INVENTOR DE NOVA YORK
PREFÁCIO, POR JAYME DA COSTA PINTO

- 6 -

ROMANCE NA
LATITUDE 40
- 21 -

UM SUJEITO
HONRADO
- 46 -

PRESSÃO SANGUÍNEA
- 74 -

TERREMOTO
- 101 -

A PEQUENA SRTA. MARKY
- 118 -

O IDÍLIO DA SRTA.
SARAH BROWN
- 147 -

O QUÊ?! NÃO TEM
MORDOMO?
- 174 -

SENSO DE HUMOR
- 199 -

A CANÇÃO DO COVEIRO
- 218 -

BARBADA
- 242 -

O INVENTOR DE NOVA YORK

Nascido em 1880 na cidadezinha de Manhattan, no estado americano do Kansas, o jornalista e escritor Damon Runyon ganharia fama décadas depois ao esboçar um universo de tipos muito particulares, fincado numa área com o mesmo nome de sua terra natal: Manhattan – no caso, o distrito de Nova York, para onde a carreira jornalística o levou. Régua e compasso apontando para origem e destino iguais, mas abissalmente diferentes. Forma e conteúdo engendrados, dando o tom, como nas narrativas que compõem este volume.

O universo inventado pela pena de Runyon é habitado por descendentes de imigrantes irlandeses, judeus, italianos, que ocupam uma

— PREFÁCIO —

ampla variedade de postos na hierarquia social – de garçons e leões de chácara a pugilistas e gângsteres, passando por jornalistas e contrabandistas de bebidas. Todos circulando por uma área de cerca de dez quarteirões no centro de Manhattan durante um período, anos 1920 e 1930, em que a Nova York dos teatros e musicais ainda começava a ganhar forma. A população da cidade chegou a dobrar nessa época e a luta pela sobrevivência cotidiana dos recém-chegados não escapou ao olhar de Runyon. Ele dramatizou a existência desses personagens que, apesar das dificuldades, esperavam arrancar alguma vantagem daquela situação, fosse dinheiro, amor ou posição social.

São criaturas moldadas a partir de observações em primeira mão do criador e resultantes de horas passadas no restaurante-delicatessen Lindy's, na Broadway – que Runyon homenageia ao situar várias de suas histórias no fictício Mindy's –, onde seu principal afazer era sentar e ouvir. "Sou o maior sedentário da cidade", chegou a declarar em entrevista. "Para capturar algo minimamente interessante, preciso estar sentado. Sou capaz de passar o dia parado aqui sem que a cadeira emita sequer um rangido." Aparentemente, os frequentadores cascas-grossas do Lindy's não se importavam com a presença de um repórter ali e soltavam o verbo, fornecendo a Runyon combustível para os contos e, principalmente, para a construção de um estilo que viria a se tornar inconfundível na literatura americana do século XX. Eram figuras como Frank Costello e Arnold Rothstein, mafiosos célebres na época, tipos de quem Runyon absorveu tudo que podia durante os anos 1920 para produzir, na década seguinte, o material de que este volume se pretende ilustrativo.

A transição entre as duas Manhattans consumiu tempo e energia do autor, que cresceu no estado do Colorado e só chegou a Nova York em 1910, aos 30 anos de idade, para trabalhar no jornal *American*, periódico mais respeitado do grupo Hearst, em oposição ao *Evening Journal*, tabloide popular e mais afeito a escândalos. Ou seja, Runyon já chegou por cima, cobrindo esportes, mais especificamente o time de beisebol dos New York Giants. A tiracolo, o escritor levou a mulher, a quem assentou no subúrbio da cidade e com quem logo teve dois filhos. Relatos biográficos dão notícia de que Runyon foi um pai ausente e um marido tenebroso – a esposa morreria em 1931, de alcoolismo, época em que ele já morava sozinho em um quarto de hotel.

Assim como vários de seus personagens, Runyon era jogador compulsivo e vivia em constante aperto financeiro. Em 1929, com a quebra da Bolsa e a chegada da depressão econômica, era preciso encontrar um jeito de ganhar dinheiro. A virada começou a tomar corpo nessa época, quando Arnold Rothstein, gângster próximo de Runyon, foi baleado e morto durante um tiroteio mal explicado no Park Central Hotel. Dívida de jogo seria o motivo. Runyon sentiu que precisava pôr histórias como essa no papel, só não sabia como, até que passou a tratar as figuras criminosas com quem dividia sanduíches no Lindy's como personagens de ficção, e viu que havia promessa ali. Mais: percebeu que poderia abordar o tema de maneira engraçada, cômica mesmo, e começou a perpetrar frases como estas, que abrem o conto "Terremoto", incluído nesta coletânea:

Pessoalmente, não gosto de tiras, mas procuro ser cordial com eles, e então quando Johnny Brannigan entrou no Mindy's numa noite de sexta-feira e se sentou na minha mesa, porque não tinha mais lugar vazio no restaurante, fui logo cumprimentando animado. [...]

Johnny Brannigan tem cara de doente, e torço secretamente para que seja algo fatal; na minha opinião, já existem tiras demais no mundo, ter alguns a menos pode ser até bom para as partes interessadas.

Runyon começou a vender os textos para uma revista do grupo Hearst, um atrás do outro, ao longo da década de 1930, e o dinheiro voltou a entrar. Algumas histórias foram comercializadas com Hollywood e viraram filmes, como "A pequena srta. Marky", por exemplo, parte deste volume, que transformou Shirley Temple na estrela mirim que encantaria o mundo todo. Dois outros contos encontrados aqui, "O idílio da srta. Sarah Brown" e "Pressão sanguínea", foram reunidos depois da morte de Runyon e se transformaram no musical *Guys and Dolls* ("Eles e elas", em português), que na versão em tela grande (de 1955) trouxe no elenco nomes como Marlon Brando e Frank Sinatra.

— PREFÁCIO —

Com a boa fase, Runyon se casou de novo, em 1932, com uma moça chamada Patricia del Grande, a quem apresentava como condessa espanhola. Há quem diga que, na verdade, seu nome verdadeiro era Patricia Amati e que Runyon a conheceu quando cobria a guerra no México, nos anos 1920. Ela teria vindo bater à porta dele mais tarde, em busca de um trabalho de corista em Nova York. Num estalar de dedos, e em movimento típico dos personagens que criou, o escritor se apaixonou pela jovem, apesar de ela ser 26 anos mais jovem. Casaram-se e viveram bem por um tempo em Beverly Hills, até ele começar a sofrer com um câncer na laringe e acabar trocado por um homem mais novo. A essa altura, Runyon já estava de volta a Nova York, onde morreria em 1946. Trajetória com reviravoltas dignas de um conto "runyonesco".

Esta coletânea reúne dez histórias em que Broadway e adjacências, mais do que cenários, surgem como personagens importantes do enredo. Graças ao alcance de sua prosa no início do século XX, Runyon criou a imagem de Nova York que o mundo abraçaria. Havia, claro, a cidade real, diferente da erguida pela ficção do escritor, mas, numa era sem aviões a jato e passagens aéreas econômicas, foi a versão inventada em livros e, depois, em filmes que tomou conta do imaginário dos americanos.

"Runyonesco" e "runyonês" tornaram-se contribuições ao léxico literário em língua inglesa em razão do estilo singular de Damon Runyon, marcado, entre outras características formais, pelo uso praticamente exclusivo, quase obsessivo, do presente do indicativo. Quando a sintaxe pede algum distanciamento temporal ou uma perspectiva deslocada em relação ao presente, o autor faz uso de algum advérbio ou conjunção, ou simplesmente segue adiante sem alterar o tempo verbal, esvaziando a obrigatoriedade gramatical e estabelecendo um novo nexo de tempo, o que só faz ampliar o estranhamento causado, em especial, a ouvidos anglófonos. O efeito resulta mitigado na tradução, mesmo com o uso do presente histórico em português, porque Runyon de fato cria um universo linguístico de difícil reprodução em outro idioma. A obra de Runyon – e, notadamente, seu estilo único – foram construídos ao longo de décadas de trabalho como jornalista e escritor. E, nesse mundo, o tempo passado não tem vez.

O que Runyon faz com o tempo verbal equivale a uma depuração extrema da língua, que fica reduzida à sua forma mais básica – o que não significa mais simples; pelo contrário, ao atingir esse nível de pureza quase agramatical da linguagem, o autor cria a base em que essa falta de estrutura temporal sustenta ações congeladas num presente eterno. A linguagem urbana da prosa de Runyon transita por esse presente na forma de fragmentos, frases juntadas como peças de um jogo infantil ou como o discurso truncado de imigrantes, uma sequência não hierarquizada de sujeitos e verbos dando uma aparência de que reside ali algo de primitivo. Nada mais enganoso. É um fluxo de linguagem intencional demais para ser atribuído de modo ligeiro à falta de domínio da norma culta pelos imigrantes-personagens: Runyon oferece ao leitor um relato parcelado, mas não primitivo, dos acontecimentos à medida que eles se desenrolam. A ênfase recai, antes, sobre o aqui e o agora, sobre a comunicação direta e reta, fazendo com que a coerência fique no limite do possível, mas ainda se mantenha sob medida para atender a uma limitadíssima capacidade de atenção. É uma forma literária que busca dar expressão a certo esgarçamento social específico da vida nas grandes cidades do século XX. Para Svend Riemer, professor da Universidade de Wisconsin que estudou a obra de Runyon, esse descolamento entre o desamparo humano e um ambiente complexo e artificial, em que o paradoxo da solidão em meio à multidão é gritante, é definidor de um tipo de urbanismo moderno que Runyon explora com maestria e que deveria ser um tema central da nossa civilização.

Um outro aspecto formal distintivo na obra de Runyon é a figura do narrador, nunca nomeado, de todas as suas histórias. Ele se apresenta como alguém quase íntimo das figuras perigosas que descreve, mas ao mesmo tempo é um sujeito medroso, que na maioria das vezes quer ficar longe de encrenca – mas sempre acaba testemunhando as maiores barbaridades. É a favor da lei, como gosta de afirmar, e insiste que preferia estar em outro lugar a ser visto na companhia daqueles bandidos. Mas toda vez que encontra um deles no Mindy's, o que pode fazer além de mandar um efusivo "olá"? Ao mesmo tempo que é a favor da legalidade, o narrador odeia policiais. Seu único ponto em comum com a galeria de escroques que povoam as histórias é a paixão que todos compartilham por corridas de cavalos. Em contraposição ao que sai da boca da malandragem que frequenta o Mindy's, a dicção do narrador é intencionalmente mais formal, quase polida. Ele acaba se revelando a figura de menor prestígio nesse mundo duplo dos contos de Runyon, em que apostadores e criminosos de baixa estirpe comem chucrute tranquilamente durante o dia e enfrentam matadores e gângsteres em tiroteios sangrentos à noite. Ele sabe que prudência nunca é demais e se mostra sempre cauteloso ao escolher as palavras e, consequentemente, evitar ele mesmo um balaço em sua direção. Frequentar a base da pirâmide no crime automaticamente torna o sujeito um especialista em boas maneiras. O depoimento de um contemporâneo de Runyon, o professor D. W. Murer, pesquisador do dialeto e do jargão criminais, sublinha essa necessidade de cautela do autor:

Eu cheguei a ver Runyon em restaurantes da Broadway, conhecidos pela clientela mafiosa, discutindo manuscritos com aqueles homens. Ele desfrutava de uma aceitação incomum naquele ambiente, e ouvi dizer que sempre havia alguém de olho nele, para evitar que algo de ruim lhe acontecesse.

Daí, talvez, o ceticismo do narrador: nas histórias de Runyon, pessoas são baleadas, crianças abandonadas morrem de frio, o amor só é verdadeiro se associado a uma carteira recheada de notas "estalando de novas", para usar uma imagem recorrente do escritor, o patrimônio dos personagens despenca e volta a disparar aleatoriamente. Em meio a tudo isso, o narrador se limita aos fatos nus e crus, e o leitor é desafiado a reavaliar um padrão de vida que se acostumou a aceitar como natural.

O escritor americano Pete Hamill observa que o narrador de Runyon passa a impressão de não estar apenas contando, mas de fato escrevendo a história. Reproduz a fala das ruas em um nível e, em outro, acrescenta sentenças e explicações. Um exemplo:

Aí que certa noite vejo o Feet no Hot Box, um night-club, dançando com uma pequena que atende pelo nome de Hortense Hathaway e é corista do espetáculo *Scandals*, de Georgie White, e a moça está simplesmente em cima dos pés de Feet como se fossem dois esquis, e Feet nem percebe. Ele até deve achar que as lanchas que usa nos pés estão um pouco mais pesadas hoje porque, diga-se de passagem, Hortense não é exatamente esquálida. De fato, ela passa por um bom peso meio-médio.

À linguagem saborosa das ruas – "em cima dos pés de Feet como se fossem dois esquis", "as lanchas que usa nos pés" – sobrepõe-se uma camada daquilo que o narrador entende ser um verniz de sofisticação e polidez – "não é exatamente esquálida". O narrador sabe que há regras que precisam ser seguidas. Só não sabe exatamente quais são e acaba enfiando o coloquial onde caberia o formal, e vice-versa. A combinação da fala colorida das ruas com suposto rigor respeitoso resulta em frases longas, que só terminam quando, desconfia-se, o narrador precisa respirar. Nessa manobra reside em boa medida a comicidade de sua prosa.

É na articulação entre forma e conteúdo que Runyon pode ter um alcance que supera as fronteiras da ilha de Manhattan e os limites específicos, sintáticos, de um idioma. No texto "O ensaio como forma", o filósofo alemão Theodor Adorno defende uma escrita (ensaística, no caso) que prime pela "espontaneidade da fantasia subjetiva", em que as palavras vibrem de comoção sem se omitir sobre o que as comoveu. É isso que Runyon faz ao experimentar, virar do avesso seu objeto, ao manipulá-lo sem receios, ao estruturá-lo como se a qualquer momento tudo pudesse mudar. Escreve em fragmentos porque assim enxerga a realidade; a unidade, se existir, será encontrada nessas fraturas, e não na homogeneização do que está fraturado. Na prosa de Runyon, o contato com a experiência individual é um contato com a história mais ampla, com a atmosfera da vida na cidade. Esse contato pode ser frio, duro, os personagens por vezes se comportam como o

— PREFÁCIO —

mendigo que desconfia quando a esmola é muita, mas também há espaço para o ato bom, para a generosidade. Basta procurar nas fraturas. É, por fim, uma prosa sobre "conflitos em suspenso", para usar a definição que Adorno dá ao ensaio filosófico. Ao insistir no tempo presente, Runyon estaria, então, mais do que simplificando a linguagem, valorizando a experiência humana própria, individual, imediata. Estaria, enfim, e ainda nos termos de Adorno, eternizando o transitório.

A eternidade do escritor durou até 1946. Antes, em 1944, a doença já o obrigara a retirar a laringe. O ritmo de trabalho diminuiu, limitado então a poucas colunas para jornais. Divorciado mais uma vez, Runyon passou os últimos dias de vida em Nova York, cidade que adotou e transformou em personagem conhecida, quase íntima mesmo daqueles que nunca a visitaram. Cremado, teve as cinzas espalhadas sobre Manhattan de um avião. Do pó às cinzas, de uma Manhattan à outra: régua e compasso enfim alinhados.

JAYME DA COSTA PINTO é tradutor e intérprete. Traduziu e organizou *Contos*, de O. Henry (Carambaia, 2016).

ROMANCE NA LATITUDE 40

Só mesmo um otário de carteirinha pensaria em olhar mais de uma vez pra pequena de Dave the Dude. Se a primeira olhada o Dave pode até aturar, achando que é mal-entendido, é certeza que vai se melindrar com a segunda, e Dave the Dude não é sujeito para se melindrar.

Mas o tal Waldo Winchester é otário de pai e mãe, e por isso olha pra moça sem parar. E o pior, ela retribui os olhares. Pronto. Quando um rapaz e uma pequena começam a trocar olhares, bom, pronto.

Waldo Winchester é um jovem boa-pinta que escreve sobre a Broadway para o *Morning Item*. Fala do que acontece em nightclubs, como brigas e uma coisinha ou outra, e também sobre quem está andando com quem, incluindo rapazes e pequenas.

Às vezes isso é muito constrangedor para pessoas casadas que andam por aí com pessoas que não são casadas, mas não se pode esperar que Waldo Winchester saia pedindo certidão de casamento pra todo mundo antes de escrever suas colunas.

É provável que, se Waldo Winchester souber que a srta. Billy Perry é a pequena de Dave the Dude, nunca mais olhe uma segunda vez pra ela, mas alguém só lhe sopra essa informação depois da terceira espiada, e a essa altura a srta. Billy Perry já está correspondendo aos olhares – e Waldo Winchester está encantado.

Na verdade, está caidinho e, sendo o otário que é, não quer nem saber quem ela namora. Pessoalmente, não o condeno, a srta. Billy Perry vale algumas olhadas, sim, principalmente quando está no salão do Sixteen Hundred Club, de propriedade da srta. Missouri Martin, sapateando como ela só. Mesmo assim, nem a melhor sapateadora do mundo pode me arrancar dois olhares seguidos se eu souber que ela é a preferida de Dave the Dude, porque o Dave cuida de suas pequenas, e não cuida pouco.

No caso da srta. Billy Perry, cuida muito. Manda entregar casacos de pele, anéis de diamante, e mais uma coisinha ou outra, e ela devolve tudo na mesma hora, parece que não aceita presentes de rapazes. Toda a Broadway acha isso surpreendente, mas há quem acredite que tem coisa aí.

Mas isso não impede que Dave the Dude goste dela, que é vista por todos como a pequena do Dave e é por todos respeitada como tal, até que surge esse Waldo Winchester.

E por acaso ele surge quando Dave the Dude está fora, em rápido bate e volta nas Bahamas para repor mercadorias do seu negócio, coisas do tipo uísque escocês e champanhe, e, quando Dave volta, a srta. Billy Perry e Waldo Winchester já estão naquele ponto em que ficam sentadinhos de mãos dadas, nos cantos, entre os números de dança da moça.

Claro que ninguém conta nada pro Dave, não querem deixar o sujeito nervoso. Nem mesmo a srta. Missouri Martin, o que é raro, porque a srta. Missouri Martin, também chamada de "Mizzoo" pra facilitar, conta tudo que sabe assim que fica sabendo, o que muitas vezes é antes mesmo de o fato ter acontecido.

É que, se Dave the Dude se irritar, pode acabar explodindo os miolos de alguém, e é grande a chance de que esses miolos sejam de Waldo Winchester, embora também digam que Waldo Winchester carece de miolos, ou não estaria andando com a pequena de Dave the Dude.

Sei que o Dave gosta muito, mas muito mesmo, da srta. Billy Perry, porque vejo que conversa sempre com ela, é muito educado e nunca sai da linha ou pragueja quando está na companhia da moça. Sem contar que outro dia o One-eyed Solly chega semibêbado e se refere à srta. Billy Perry como "aquela dona", mas sem maldade nenhuma, muitos rapazes falam assim das pequenas.

Só que na mesma hora Dave the Dude solta o braço e acerta um murro na boca de One-eyed Solly, e assim fica todo mundo sabendo dali em diante que o Dave tem a srta. Billy Perry em alta conta. Também é verdade que o Dave tem várias pequenas em alta conta, mas é raro ele quebrar a cara de alguém por causa disso.

Bom, e aí uma noite acontece de Dave the Dude entrar no Sixteen Hundred Club e já na porta, quem diria, topar com Waldo Winchester e a srta.

Billy Perry trocando beijinhos feito melhores amigos. No ato, Dave procura o três-oitão para acertar Waldo Winchester, mas por acaso o três-oitão não está com ele, que não contava em ter de apagar alguém justamente naquela noite.

Então Dave se aproxima e, enquanto Waldo Winchester, ao perceber a chegada do outro, liberta a srta. Billy Perry de seus braços, Dave o acerta no queixo com sua enorme mão direita. Devo admitir que Dave the Dude bate bem com a direita, embora a esquerda não seja tão boa, e o soco faz Waldo Winchester dobrar as pernas. Ato contínuo, desaba no chão.

A srta. Billy Perry solta um grito que se pode ouvir em Battery, corre até onde Waldo Winchester jaz estatelado e se joga em cima dele, soluçando alto. Só dá pra entender que ela chama Dave the Dude de grande patife, embora ele nem seja tão grande, e que ama Waldo Winchester.

Dave chega perto de novo e começa a surrar Waldo Winchester, o que é considerado normal nesses casos, mas de repente muda de ideia e, em vez de continuar descendo a bota em Waldo, Dave se vira e sai do bar, o rosto vermelho, enfurecido, e logo alguém ouve que ele está no Chicken Club enchendo a cara.

Isso é tido como um péssimo sinal, sem dúvida, porque o pessoal até vai ao Chicken Club de vez em quando dar um abraço em Tony Bertazzola, o proprietário, mas são pouquíssimos os que ousam beber qualquer coisa por lá, porque a bebida do Tony não é pra ninguém beber, só os fregueses.

A srta. Billy Perry ajuda Waldo Winchester a se levantar, tira o lenço da bolsa pra limpar o queixo do rapaz e aos poucos ele se recupera, exceto pelo grande inchaço no queixo. E nesse tempo todo ela repete para Waldo Winchester que Dave the Dude é um grande patife, mas logo a srta. Missouri Martin puxa a srta. Billy Perry de lado e passa-lhe um sermão por escorraçar do bar um gastão como Dave the Dude.

"É uma tonta mesmo", diz a srta. Missouri Martin. "Esse jornalistinha aí nem pra dar a hora certa serve, e todo mundo sabe que Dave the Dude é um mão-aberta."

"Mas eu amo o sr. Winchester", diz a srta. Billy Perry. "Ele é tão romântico… Não é um contrabandista de bebida nem um pistoleiro, como Dave the

Dude. Escreve coisas lindas sobre mim no jornal e sempre se comporta como um cavalheiro."

Claro que a srta. Missouri Martin não está em posição de discutir a definição de cavalheiro, ela cruza com poucos no Sixteen Hundred Club e, além disso, não quer irritar Waldo Winchester porque ele pode começar a publicar notinhas no jornal pra derrubar a bodega que ela dirige, e, assim, a empresária da noite deixa o assunto morrer.

A srta. Billy Perry e Waldo Winchester seguem a vida, sentando de mãos dadas entre os números de dança da moça e trocando beijinhos de vez em quando, como fazem os jovens; Dave the Dude está dando um gelo no Sixteen Hundred Club e parece que está tudo certo. Naturalmente estamos todos felizes que o caso aquietou, porque o melhor que o Dave vai conseguir em uma briga com um jornalista é o pior resultado possível.

Pessoalmente, acho que o Dave logo encontra outra pequena e esquece a srta. Billy Perry, porque agora que dou uma segunda olhada vejo que ela é igualzinha às outras dançarinas, só que ruiva. As sapateadoras geralmente são morenas, não sei por quê.

Moosh, o porteiro do Sixteen Hundred Club, conta que a srta. Missouri Martin trabalha a favor de Dave the Dude nos bastidores, outro dia mesmo ouviu ela dizer pra srta. Billy Perry: "Esse seu dedo fininho aí tá muito apagado, sem brilho".

Esse é o jeito de a srta. Missouri Martin dizer que falta um diamante no dedo anelar da srta. Billy Perry. A srta. Missouri Martin é uma dona experiente e vivida, e acredita que, se um rapaz ama uma pequena, precisa provar com diamantes. A própria srta. Missouri Martin tem vários diamantes, embora me escape como um sujeito pode se entusiasmar com ela a ponto de presenteá-la com diamantes.

Não sou muito de frequentar a noite, por isso fico sem ver Dave the Dude por uns quinze dias, mas num fim de tarde de domingo Johnny McGowan, um dos homens do Dave, chega pra mim e diz: "Que tal essa última? O Dave está dando uma voltinha com o escriba!".

O Johnny está tão eufórico que demoro a acalmá-lo e fazê-lo explicar o que está acontecendo. Parece que o maior carro de Dave the Dude está fora da garagem em missão comandada pelo motorista Wop Joe até a redação do *Item*, onde Waldo Winchester trabalha, com o recado de que a srta. Billy Perry quer se encontrar com Waldo imediatamente no apartamento da srta. Missouri Martin na rua 59.

Óbvio que o recado não passa de papo furado, mas Waldo cai na conversa e entra no carro. Wop Joe o leva até o apartamento da srta. Missouri Martin, e quem se junta a eles, veja só, é Dave the Dude. E dali o trio segue adiante.

A notícia é a pior possível, porque, quando o Dave leva alguém pra dar uma voltinha, esse alguém geralmente não volta. Nunca pergunto o que acontece, porque a melhor resposta que se pode receber nesta cidade que tem dono é um soco na fuça.

Mas estou preocupado com este caso porque gosto do Dave the Dude e sei que levar um sujeito como Waldo Winchester pra dar uma voltinha vai causar burburinho, principalmente se ele não voltar mais. Os outros caras que o Dave the Dude leva pra passear não são grande porcaria, mas esse pode causar encrenca, mesmo sendo um otário, por causa de sua ligação com um jornal.

Conheço jornais o suficiente pra saber que mais dia menos dia o editor ou alguém lá vai querer saber onde estão as colunas de Waldo Winchester sobre a Broadway, e, se não há mais colunas de Waldo Winchester, o editor vai querer saber por quê. Então outras pessoas também vão querer saber, e depois de um tempo todo mundo vai perguntar: "Onde está Waldo Winchester?".

E se muita gente aqui na cidade fica querendo saber por onde anda fulano, a história se transforma num grande mistério e os jornais pressionam os tiras, que pressionam todo mundo e aos poucos a coisa esquenta tanto que a cidade fica impossível.

Mas o que fazer nesta situação eu mesmo não sei. Pessoalmente, acho tudo muito ruim, e enquanto Johnny sai pra dar um telefonema tento pensar em algum lugar pra ir onde as pessoas me vejam e se lembrem disso depois, caso seja necessário que se lembrem.

Finalmente o Johnny volta, empolgado, e diz: "O Dave está no hotel Woodcock Inn, em Pelham Parkway, e manda chamar todo mundo pra lá agora. O Good Time Charley Bernstein é quem passa o recado. Tem coisa no ar. O resto da gangue está a caminho, vamos embora".

Mas esse é o tipo de convite que não me cai bem mesmo. Não vejo Dave the Dude como boa companhia pra um sujeito como eu no momento. Das duas, uma: ou Waldo Winchester já é passado, ou Dave está se preparando para fazer alguma coisa com ele, coisa da qual não quero participar.

Pessoalmente, nada tenho contra jornalistas, nem mesmo os que escrevem sobre a Broadway. E se Dave the Dude quer fazer alguma coisa com Waldo Winchester, tudo bem, mas por que trazer gente de fora pra participar? Quando dou por mim, estou no carro esporte de Johnny McGowan, que pisa fundo, ignorando semáforos e todo o resto.

Enquanto voamos pela Concourse, penso na situação toda e concluo que Dave the Dude provavelmente não para de pensar na srta. Billy Perry nem de entornar aquilo que no Chicken Club vendem como bebida, até que perde a cabeça. Na minha opinião, só um sujeito com parafusos a menos pensa em levar um jornalista pra passear por causa de uma pequena, numa cidade em que as pequenas se acham à baciada.

Mas também me lembro de ter lido notícias sobre sujeitos considerados sensatos até se enroscarem com uma pequena, ou se apaixonarem mesmo, e aí sem mais nem menos se jogam de uma janela ou enfiam uma bala na cabeça – ou na cabeça de terceiros –, e então percebo que mesmo um cara como Dave the Dude pode enlouquecer por causa de uma dona.

Noto que o pequeno Johnny McGowan também está preocupado, mas ele não é de falar muito e logo estacionamos na porta do Woodcock Inn, onde um monte de outros carros já chegou antes de nós, alguns dos quais consigo reconhecer.

O Woodcock Inn é o que se chama de beira-de--estrada e é administrado por Big Nig Skolsky, um homem muito bom e amigo de todos. Fica um pouco recuado em relação a Pelham Parkway e é um lugar bastante agradável de se frequentar, o Nig põe lá uma banda afiada e um espetáculo repleto de pequenas atraentes, e tudo o mais que um homem em busca de diversão pode desejar. Gente bacana deu ao lugar fama de bacana, embora a bebida servida pelo Nig não seja nada de mais.

Pessoalmente, não frequento muito porque não gosto de beiras-de-estrada, mas é um ótimo local para Dave the Dude dar festas ou mesmo para beber sozinho. O alvoroço é grande quando paramos o carro, e quem aparece efusivo pra nos receber é ninguém menos que o próprio Dave the Dude. Seu rosto está vermelho e ele parece muito agitado, mas não dá mostras de que pretende causar mal a alguém, muito menos a um jornalista.

"Vamos entrando, pessoal!", o Dave grita. "Vamos entrando!"

Entramos e o lugar está lotado. Gente sentada, gente dançando, a srta. Missouri Martin com todos os seus diamantes pendurados em várias partes do corpo, Good Time Charley Bernstein, Feet Samuels, Tony Bertazzola, Skeets Boliver, Nick the Greek, Rochester Red e mais um monte de rapazes e pequenas de todo canto.

De fato, parece que todo mundo, de todos os bares e clubes da Broadway, está presente, incluindo a srta. Billy Perry, arrumadíssima, de branco, segurando um enorme buquê de orquídeas, rindo e cumprimentando a todos. Em casa, eu diria. E por fim vejo Waldo Winchester, o escriba, sentado em uma mesa colada ao palco, sozinho, mas não percebo nada de errado com ele. Quer dizer, ele parece estar inteiro, ainda.

"Ei, Dave", digo para Dave the Dude em voz baixa, "o que está acontecendo aqui? Você sabe que todo cuidado é pouco nesta cidade, não quero ver você encrencado agora".

"Deixa disso", replica o Dave, "que conversa é essa? Não é nada, não, só um casamento, e vai ser o melhor casamento da história da Broadway. Só estamos esperando o padre".

"Quer dizer que alguém vai casar?", pergunto, meio confuso a essa altura.

"Claro", rebate Dave. "O que você acha? Pra que servem casamentos?"

"Quem vai casar?", pergunto.

"Ninguém menos que a Billy e o escriba", responde Dave. "É o maior feito da minha vida. Encontro a Billy outro dia, chorando de soluçar porque ama esse jornalista e quer casar com ele, mas parece que o cara não tem onde cair morto. Então digo pra Billy deixar por minha conta, porque também amo tanto a pequena que quero ela sempre feliz, mesmo que precise casar com outro pra isso.

"Dou essa festa e depois que estiverem casados dou também uns trocados para começarem a vida", continua o Dave. "Mas não conto nada ao escriba e não deixo a Billy contar nada pra ele, é tudo uma grande surpresa. Aí mando sequestrar o sujeito hoje à tarde e arrasto até aqui, ele morrendo de medo, achando que eu vou cortar a garganta dele.

"Não vejo ninguém assustado assim faz tempo. Está tão assustado que nem está aproveitando. Vai até ali e diz pro homem se animar, só tem coisa boa acontecendo pra ele aqui."

Bom, devo dizer que sinto um tremendo alívio em saber que o pior desejo de Dave para Waldo Winchester é um casamento, e vou até a mesa onde ele está sentado. A cara é de preocupação mesmo. Está todo encolhido e com aquele olhar que costumam chamar de vazio. Posso ver que está morrendo de medo, mas lhe dou um tapa nas costas e digo: "Parabéns, parceiro! Anime-se, o pior ainda está por vir!".

"Está mesmo", diz Waldo Winchester com voz solene, que me surpreende.

"Você fica bem de noivo", continuo. "Mas está com cara de velório, não de casamento. Por que não toma uns tragos e se diverte um pouco?"

"Amigo", segue Waldo Winchester, "minha mulher não vai gostar desse meu casamento com a srta. Billy Perry".

"Sua mulher?", respondo atônito. "Mas que história é essa? Como pode ter outra esposa além da srta. Billy Perry? Que grande tolice!"

"Eu sei", retruca Waldo, a voz tristonha. "Eu sei. Mas tenho mulher, e ela vai ficar bem nervosa quando souber disto aqui. É muito rígida comigo. Não permite que eu saia por aí casando com outras. O nome dela é Lola Sapola, do grupo de acrobatas Rolling Sapolas, estamos casados faz cinco anos. Ela é a fortona que segura os outros quatro integrantes durante os números de acrobacia. Acaba de voltar de uma turnê de um ano pelo país e está no hotel Marx neste exato minuto. Estou chateado com essa história toda."

"A srta. Billy Perry sabe da sua esposa?", pergunto.

"Não", ele responde. "Acha que sou solteiro da silva."

"Mas por que não conta pro Dave the Dude que já é casado, em vez de deixar que ele arraste você até aqui pra casar com a srta. Billy Perry? Um jornalista devia saber que é contra a lei casar com várias pequenas, a menos que o sujeito seja turco ou coisa parecida."

"Bom", explica Waldo, "se eu contar pro Dave que sou casado depois de roubar a pequena dele, tenho certeza de que ele vai ficar fulo e talvez faça algo que afete minha saúde".

Ele tem razão em muita coisa do que diz. Eu mesmo estou inclinado a acreditar que o Dave ficará meio chateado quando souber da situação, principalmente quando a srta. Billy Perry começar a choramingar por causa disso. Mas o que fazer eu não sei, talvez deixar seguir o casamento e, quando o Waldo estiver longe do alcance do Dave, entrar com uma ação de insanidade, tentar anular a união. De certo mesmo só sei que não quero estar por perto quando Dave the Dude souber que Waldo é casado.

Concluo que o melhor a fazer é dar o fora dali o quanto antes, mas noto um tumulto na entrada e ouço o Dave gritar que enfim chega o padre! É até bem-apessoado, para um padre, e se mostra surpreso com o que está acontecendo, principalmente quando a srta. Missouri Martin se aproxima e o agarra pelo braço. Ela conta que gosta muito de padres e que está acostumada com eles porque já foi casada duas vezes por padres, duas por juízes de paz e uma por um capitão de navio.

A esta altura todos os presentes, com exceção de mim mesmo, do Waldo Winchester, do padre e talvez da srta. Billy Perry, estão semibêbados. Waldo continua sentado, de cara fechada, dizendo "sim" e "não" para a srta. Billy Perry quando ela passa por ele, tão cheia de felicidade que não consegue parar um instante no mesmo lugar.

Já Dave the Dude é o mais bêbado de todos, pois tem dois ou três dias de vantagem em relação aos outros. E, quando Dave está bêbado, devo dizer que não é muito confiável em termos de gênio, é capaz de explodir na cara de alguém a qualquer momento. Mas agora parece estar se divertindo com tudo que aprontou.

Aos poucos, Nig Skolsky esvazia a pista de dança e arrasta para o centro uma espécie de arco de madeira decorado com flores muito bonitas. A ideia, parece, é que a srta. Billy Perry e Waldo Winchester se casem embaixo desse arco. Percebo que Dave the Dude deve ter passado dias planejando a coisa toda, que deve ter custado uma verdadeira bolada, principalmente quando o vejo mostrando para a srta. Missouri Martin um anel de diamante do tamanho de uma pastilha pra garganta.

"É pra noiva", diz Dave the Dude. "O pobre-diabo com quem ela está casando nunca terá gaita

— ROMANCE NA LATITUDE 40 —

suficiente pra comprar um anel, e sei que ela quer um bem grande. Compro de um sujeito que traz essas coisas de Los Angeles. E eu mesmo vou entregar a mão da noiva. Mizzoo, me explica como faço isso? Quero que a Billy se case como manda o figurino."

Enquanto a srta. Missouri Martin puxa pela memória os detalhes de seus casamentos, dou uma conferida no Waldo pra ver como vão as coisas. E me lembro de dois caras na prisão de Sing Sing, a caminho da cadeira elétrica. Estavam bem mais alegres que Waldo Winchester neste momento.

A srta. Billy Perry está sentada com Waldo, ambos olhando o maestro xingar os músicos, que não lembram como tocar "Oh, Promise Me", quando Dave the Dude grita: "Tudo pronto! Que os noivos se aproximem!".

A srta. Billy Perry pula da cadeira e puxa Waldo Winchester pelo braço. Depois de olhar para o moço, sou capaz de apostar que ele não chega até o arco florido. Mas ele acaba conseguindo, em meio a risos e aplausos. O padre também se aproxima, e Dave the Dude está mais feliz do que nunca quando todos se reúnem sob as flores.

De repente, um grande alvoroço na entrada do Woodcock Inn, uma dona de voz grossa, voz de homem, grita muito, e todo mundo se vira pra olhar, claro. O porteiro, que atende pelo nome de Slugsy Sachs e é um homem durão, parece tentar impedir a entrada de alguém, mas logo se ouve uma pancada, e Slugsy Sachs desaba enquanto adentra o recinto uma pequena de 1,40 metro de altura e 1,60 de largura.

Pra falar a verdade, nunca vi mulher mais larga. Achatada mesmo. O rosto é quase tão amplo quanto os ombros e me faz pensar numa lua bem cheia. Ela entra embalada e noto que está furiosa com alguma coisa. Ao som da pisada dura junta-se o de um murmúrio, então eu me viro e vejo Waldo Winchester caindo no chão, quase arrastando a srta. Billy Perry junto.

A moça larga segue em direção ao grupo embaixo do arco e interroga com voz de barítono: "Qual de vocês é Dave the Dude?".

"Sou eu", responde Dave the Dude, dando um passo à frente. "Como você invade este lugar assim, feito um leão-marinho, e tenta estragar nosso casamento?"

"Você sequestra meu adorado marido para casar com essa sirigaita de cabelo vermelho e fica aí com essa cara, é isso?", diz a moça larga, olhando para o Dave, mas apontando para a srta. Billy Perry.

Chamar a srta. Billy Perry de sirigaita na frente de Dave the Dude é coisa muito séria, e Dave está fulo. Normalmente, ele é gentil com as pequenas, mas logo se vê que não gostou nem um pouco dos modos da moça larga.

"Ouça aqui", diz Dave the Dude, "é melhor você ir dar uma volta antes que alguém acabe com a sua raça. Você deve estar bêbada. Ou é maluca. Que história é essa?".

"Vou te contar a história", retruca a moça larga. "Aquele sujeito caído ali é meu marido, de papel passado. Você provavelmente mete medo nele, coitado. E ainda rapta o pobre pra casar com essa coisa ruiva! Coloco você na prisão ou não me chamo Lola Sapola, seu vagabundo!"

Claro que estão todos horrorizados que alguém use esse linguajar com Dave the Dude, conhecido por matar por muito menos, mas, em vez de fazer alguma coisa contra a moça larga, ele diz, agarrando-a pelo braço: "Como? Quem é casado com quem? Suma daqui!".

Ela então faz que vai estapear Dave na cara com a mão esquerda, e Dave naturalmente afasta a cabeça pra trás, tirando o naso do caminho. Mas em vez de usar a esquerda, Lola Sapola enfia um soco certeiro com a direita em Dave the Dude bem no estômago, que vinha pra a frente no momento em que ele inclinava o rosto pra trás.

Posso dizer que vejo muito soco bem dado nesta vida, mas raramente um tão bonito. E não é só isso, Lola Sapola bota todo o peso do corpo no punho, faz sobrar força na outra ponta.

E uma coisa é verdade, um sujeito que come e bebe como Dave the Dude não aceita pancadas no estômago muito bem, e por isso Dave dá uma gemida e cai sentado no chão, remexendo os bolsos à procura do três-oitão enquanto todos correm pra se proteger, menos Lola Sapola, a srta. Billy Perry e Waldo Winchester.

Mas antes de ele achar o revólver Lola Sapola o agarra pelo colarinho e o levanta. Depois o larga em pé, equilibrando-se mal e mal nas próprias pernas, e solta outra direita de mão fechada no estômago, de novo.

O golpe derruba Dave mais uma vez e Lola vai na direção dele como se fosse chutá-lo. Mas ela só levanta Waldo Winchester do chão, joga o corpo do rapaz sobre o ombro como um saco de batatas e toma o rumo da saída. Dave the Dude apruma-se, ainda no chão, dessa vez segurando firme o três-oitão. "Só não te encho de azeitona porque sou um cavalheiro", grita.

Lola Sapola nem olha pra trás, a essa altura está crivando Waldo Winchester de afagos e palavras de carinho, dizendo que é uma vergonha um pilantra como Dave the Dude abusar do tesouro dela. Minha impressão é de que Lola Sapola tem Waldo Winchester em alta conta.

Assim que ela sai do hotel, Dave the Dude se levanta e olha para a srta. Billy Perry, que está a ponto de quebrar o recorde mundial de soluços. O restante dos convidados já saímos de nossos esconderijos, inclusive o padre, e estamos todos imaginando a ira de Dave the Dude por ter a festa arruinada. Mas ele aparenta apenas tristeza e decepção.

"Billy", ele diz para a srta. Billy Perry, "sinto muito pelo seu casamento. Eu só me preocupo com sua felicidade, mas não acho que você pode ser feliz com o escriba se ele também tiver de manter essa domadora de leões por perto. Como Cupido, sou um imenso fracasso. A única vez na vida em que tento fazer algo bom, dá tudo errado. Talvez, se você puder esperar até eu mandar afogar a Lola no rio…".

"Dave", diz a srta. Billy Perry, derramando tantas lágrimas que acaba como que desaguando nos braços de Dave the Dude, "nunca serei feliz com alguém como Waldo Winchester. Agora vejo que você é o único homem pra mim".

"Ora, ora, ora", diz Dave, se animando todo. "Cadê o padre? Tragam o padre, teremos um casamento aqui, sim."

Outro dia cruzo no caminho com o sr. e a sra. Dave the Dude, e eles parecem felizes. Mas com gente casada nunca se sabe, e por isso não pretendo contar pro Dave que fui eu a telefonar pra Lola Sapola no hotel Marx. Tenho dúvidas se lhe fiz mesmo um favor.

UM SUJEITO HONRADO

Assim por alto, conheço Feet Samuels há coisa de oito ou dez anos, subindo e descendo a Broadway, de ponta a ponta e também do avesso, mas nunca fiz fé com ele porque o sujeito é um atraso de vida. É um nada. Pra começar, Feet Samuels está sempre na pindaíba, e não existe vantagem em andar com um pé-rapado. Não vou arranjar nada com um cara que já não tem nada. Eu até lamento por eles, os duros, e sempre quero acreditar que vão conseguir pôr as mãos em alguma coisa, mas não gosto de estar perto dessa turma. Um cara mais velho, que sabe das coisas, me conta o seguinte um tempo atrás: "Garoto, procure sempre ficar na cola do dinheiro, se ficar na cola do dinheiro um bom tempo, uma parte dele acaba colando em você".

Então, nesses anos todos em que circulo por esta cidade, tento acompanhar os figurões, os sujeitos com a carteira cheia de notas graúdas e estalando de novas, e mantenho distância de pequenos escroques, malandros e pés-rapados. E Feet Samuels é um dos maiores durangos da cidade, e é assim desde que nos conhecemos. Ele é um sujeito grande e gordo, com vários queixos e pés muito engraçados. São pés enormes, mesmo para um sujeito daquele tamanhão, e Dave the Dude diz que em vez de sapatos ele calça dois estojos de violino. Claro que isso não é verdade, porque Feet Samuels não consegue enfiar nenhum dos pés em um estojo de violino, só se for um estojo pra um violino bem grande, feito um violoncelo.

Aí que certa noite vejo o Feet no Hot Box, um nightclub, dançando com uma pequena que atende pelo nome de Hortense Hathaway e é corista do espetáculo *Scandals*, de Georgie White, e a moça está simplesmente em cima dos pés de Feet como se fossem dois esquis, e Feet nem percebe. Ele até deve achar que as lanchas que usa nos pés estão um pouco mais pesadas hoje porque, diga-se de passagem, Hortense não é exatamente esquálida. De fato, ela passa por um bom peso meio-médio.

Hortense tem os cabelos loiros e a língua solta, e seu nome de batismo é Annie O'Brien, não Hortense Hathaway, claro. Ademais, ela vem de Newark, que fica em New Jersey, e seu pai é um motorista de praça chamado Skush O'Brien, e é um cara durão, se alguém por acaso perguntar. Mas é lógico que a filha de um motorista de praça é igual a qualquer outra pro espetáculo *Scandals*, de Georgie White, contanto que tenha uma bela figura e ninguém jamais ouça reclamações dos clientes nesse particular. Ela é o que chamam de *show girl*, e tudo que se espera é que ande pelo palco do Georgie White com pouca roupa e que todo mundo a ache linda, principalmente do pescoço pra baixo, embora eu pessoalmente não simpatize muito com Hortense porque a acho muito dada. Costumo vê-la perambulando por nightclubs e outras biroscas, e ela está sempre exibindo uma penca de braceletes de diamante, estolas de pele e mais uma coisinha ou outra, o que me leva a concluir que ela até que está se saindo bem para uma pequena de Newark, New Jersey.

— UM SUJEITO HONRADO —

Naturalmente, Feet Samuels não sabe por que tantas pequenas além de Hortense querem dançar com ele, mas desconfia que seja por conta do velho sex appeal e fica muito magoado quando Henri, o maître do Hot Box, pede que ele por favor só venha para a pista uma vez a cada dez danças porque seus pés ocupam tanto espaço quando ele está no salão que apenas outros dois casais podem bailar ao mesmo tempo, a pista sendo minúscula e tal e coisa.

Preciso falar mais sobre os pés de Feet porque se trata, de fato, de pés muito impressionantes. Eles apontam para direções diferentes lá embaixo, são muito abertos; então, se você o vê em pé num canto, é dificílimo saber para que lado Feet vai andar, porque um pé aponta para uma direção e o outro, para outra. A turma que frequenta o restaurante Mindy's chega a fazer apostas sobre o lado para onde Feet vai se movimentar quando o veem parado em pé.

Feet Samuels ganha a vida fazendo o melhor que pode, ou seja, o mesmo que muitos nesta cidade fazem pra ganhar a vida. Aplica pequenos golpes no jóquei, em mesas de dados e em lutas de boxe, arruma uns trocados aqui e ali coletando apostas para bookmakers, apostas que vende a preço maior, ou simplesmente enganando otários, mas nunca tem uma folga no bolso, nunca. Está sempre devendo, e sempre quita as dívidas, mas não lembro de cruzar com Feet e ele não reclamar que a gaita anda curta.

A única coisa boa que se pode dizer de Feet Samuels é que honra as dívidas. O sujeito paga o que deve, quando pode. E se todo mundo confirma esse fato sobre Feet Samuels, também é verdade que todo malandro como Feet precisa fazer isso se quiser proteger o próprio crédito e se manter na ativa. Mesmo assim, é surpreendente o número de caras que esquecem de pagar. E é pelo fato de Feet ser considerado um sujeito de palavra que ele quase sempre consegue levantar uns trocados, até mesmo com The Brain, sendo que The Brain não é um homem fácil de se arrancar uns trocados. Na verdade, The Brain é muito duro quando se trata de deixar terceiros arrancarem uns trocados dele.

E quando alguém consegue um dinheiro emprestado com The Brain ele logo quer saber a que horas receberá o pagamento, mais os juros, e, se a pessoa disser às 5h30 da manhã de terça-feira, é

— UM SUJEITO HONRADO —

bom não aparecer às 5h31 da manhã de terça-feira, ou The Brain perderá a confiança e nunca mais vai lhe emprestar nada.

E quando um sujeito perde o crédito com The Brain fica em situação muito complicada nesta cidade, porque The Brain é o único que sempre tem dinheiro. Ademais, coisas inesperadas costumam acontecer com os caras que pegam dinheiro com The Brain e deixam de acertar as contas no prazo prometido, coisas que incluem narizes quebrados, tornozelos torcidos e outros ferimentos. Parece que The Brain está cercado de gente que fica chateada com a turma que levanta um dinheirinho com ele e depois não acerta o que deve.

Mesmo assim, sei de casos em que The Brain emprestou dinheiro a sujeitos pra lá de improváveis. Ele parece ter um sexto sentido que o torna um ótimo juiz do caráter dos homens, e nunca erra nesses julgamentos, embora eu deva admitir que nenhum desses sujeitos que conseguiram levar dinheiro de The Brain é mais improvável do que Feet Samuels.

O nome de batismo de The Brain é Armand Rosenthal, mas ele é chamado de The Brain por ser muito inteligente. É conhecido por todos na cidade como grande operador de mesas de apostas, e mais uma coisinha ou outra, e ninguém sabe quanto dinheiro ele tem, só se sabe que é muito, porque não importa quanta gaita esteja circulando por aí, cedo ou tarde vai tudo parar nas mãos de The Brain. Qualquer dia conto mais sobre ele, agora quero falar de Feet Samuels.

É um inverno dos mais difíceis em Nova York, quase todo mundo que tem algum troco está em Miami, Havana ou New Orleans, deixando pra trás uma legião de pés-rapados. Quase nada acontece na cidade na falta dos figurões e, certa noite, encontro com Feet Samuels no Mindy's. Ele está muito infeliz e me pergunta se por acaso tenho 1 galo pra emprestar, mas é claro que não vou dar dinheiro pra caras como Feet Samuels, e então ele abaixa a pedida para 1 duque, e é quando vejo que a coisa está feia mesmo, pra ele querer descer de 5 para 2 dólares.

"Meu aluguel venceu faz tempo", diz Feet, "e tenho uma senhoria de coração de pedra, que não dá ouvidos à razão. Ela disse que me põe pra fora se eu não pingar alguma coisa do aluguel já. A situação nunca esteve tão dura pra mim, sou capaz até de cometer um ato desesperado". Não consigo pensar em nenhum ato desesperado que Feet Samuels cometesse, exceto, talvez, arranjar um trabalho, e sei que ele não fará isso de jeito maneira. Pra falar a verdade, em todos esses anos de Broadway, nunca soube de um durango que estivesse desesperado o bastante para procurar emprego.

Lembro de um dia ouvir Dave the Dude oferecer a Feet Samuels um serviço, transportar rum daqui para a Filadélfia, salário bom, mas Feet recusou dizendo que sua saúde não aguentaria o serviço ao ar livre e, além disso, Feet disse que ouviu dizer que transportar rum é ilegal e que o sujeito pode acabar no xilindró por isso. Então eu sei que, seja qual for a decisão, Feet não vai se meter em nada muito trabalhoso.

"The Brain ainda está na cidade", digo a Feet. "Por que você não chega nele? Sua moral é boa por lá."

"Aí é que está a encrenca", rebate Feet. "Já estou devendo 100 dólares pra ele e preciso pagar até as quatro da manhã de segunda-feira. E lá sei eu onde vou arrumar esses 100 dólares, sem contar os 10 dólares dos juros."

"O que você está pensando em fazer?", pergunto, porque já é quinta-feira e percebo que o tempo é curto para Feet juntar essa soma.

"Estou pensando em dar cabo de mim mesmo", responde Feet, a voz triste. "Não sirvo pra nada mesmo. Não tenho família nem amigos, e o mundo já tem muito peso pra carregar. É isso, acho que vou me matar."

"O suicídio é contra a lei nesta cidade", digo pra ele, "embora eu não entenda o que a lei pode fazer contra alguém que se mata".

"Não me importa", continua Feet. "Cansei de tudo, principalmente de estar sempre duro. Nunca tenho mais que algumas moedas chacoalhando no bolso da calça. Tudo que eu tento dá errado. A única coisa que me impede de me matar agora são os 100 dólares que devo ao The Brain, não quero que ele fique falando mal de mim depois que eu morrer. Mas o pior de tudo", conclui Feet, "é que estou apaixonado. Estou apaixonado pela Hortense".

"Hortense?", pergunto, completamente atônito. "Mas a Hortense não passa de uma grande…"

"Pode parar", interrompe Feet. "Pode parar já! Não vou admitir que ela seja chamada de grande, de 'porpeta' ou coisa do tipo porque eu a amo. Não consigo viver sem ela. Na verdade, não quero viver sem ela."

"Bom", eu pergunto, "e o que a Hortense acha de você estar apaixonado por ela?".

"Ela ainda não sabe", diz Feet. "Tenho vergonha de contar porque, naturalmente, se eu contar que a amo, Hortense vai esperar que eu compre alguns braceletes de diamante e, claro, não tenho condições de fazer isso. Mas acho que ela gosta de mim, e não gosta pouco, pelo jeito que ela me olha. Mas", ele hesita, "tem um fulano aí que também gosta dela e vive comprando braceletes e outros brilharecos pra ela, o que só dificulta as coisas pra mim. Não sei quem é o sujeito, e também acho que Hortense nem gosta tanto dele assim, mas é claro que qualquer pequena vai mostrar consideração por um homem que pode lhe dar braceletes de diamante. Então acho que só me resta o suicídio mesmo".

Claro que não levo Feet Samuels a sério e logo deixo os problemas dele pra trás, ponho fé que ele dá um jeito de sair dessa, mas já na noite seguinte ele aparece no Mindy's todo contente, e concluo que deve ter ganhado algum por aí, porque caminha como um homem que carrega 65 dólares no bolso.

Só que, aparentemente, Feet tem apenas e tão somente uma ideia, e poucas ideias valem 65 dólares.

"Estou lá na minha cama, hoje à tarde, matutando em como arranjar umas pratas pra pagar o The Brain, e talvez alguns outros caras, e minha senhoria, e ainda deixar um troco pra ajudar no meu enterro. E descobri. Vou vender meu corpo."

Bom, lógico que fico atônito com a afirmação e peço a Feet que se explique. E esta é a ideia do cara: arrumar um médico por aí que precise de um cadáver e tentar vender o corpo pro tal doutor pelo preço que der, corpo esse que será entregue depois que Feet der cabo da própria existência, o que deve ocorrer dentro de um prazo predeterminado.

"Pelo que sei", segue Feet, "esses açougueiros estão sempre atrás de corpos pra treinar, e sei também que bons presuntos são difíceis de achar hoje em dia".

"E quanto você acha que vale o seu corpo?", pergunto.

— UM SUJEITO HONRADO —

"Bom", rebate Feet, "uma carcaça grande como a minha deve valer pelo menos mil dólares".

"Feet, essa história é pavorosa. Pessoalmente não entendo muito do tema, mas não acredito que esses médicos, se é que saem por aí comprando cadáveres, paguem por quilo. E também não acho que você levante mil dólares, principalmente estando vivo. Como é que o doutor pode ter certeza de que você vai entregar seu corpo?"

"Ora, ora", responde Feet, indignado, "todos sabem que pago minhas dívidas. Posso dar o The Brain como referência, ele vai confirmar pra quem quiser que sou um homem de palavra".

Bom, me parece que a ideia de Feet Samuels faz muito pouco sentido e, de toda forma, acho que ele pode mesmo acabar metendo uma bala na cabeça, acontece com frequência entre durangos, e deixo a história pra lá. Mas na segunda--feira de manhã, um pouco antes das quatro horas, estou eu no Mindy's quando adentra o recinto Feet Samuels, a mão cheia de dinheiro, todo feliz da vida.

O The Brain também está por ali, na mesa de sempre, de frente para a porta, de modo que ninguém o flagre antes que ele veja a pessoa primeiro, porque tem muita gente na cidade que The Brain quer muito ver primeiro, no caso de entrarem no local onde ele já se encontra.

Feet se aproxima da mesa e coloca 100 dólares na frente de The Brain, além da nota de 10, e The Brain olha no relógio e sorri: "OK, Feet, chegou na hora". É raro The Brain sorrir por qualquer coisa, mas depois eu fico sabendo que ele também tirou 200 dólares de Manny Mandelbaum, que apostou que Feet não pagaria a dívida a tempo, por isso The Brain tem motivos pra sorrir.

"A propósito, Feet", continua The Brain, "um médico me ligou hoje pra saber se você é um homem de palavra e, você vai gostar de saber, falei que você é cem por cento. Dei a referência porque sei que você nunca deixa de cumprir uma promessa. Você por acaso está doente?".

"Não", responde Feet, "não estou doente, estou fazendo um negócio com esse sujeito. Obrigado pela referência". E então ele vem até minha mesa e percebo que ainda tem dinheiro na mão. Estou curioso, claro, pra saber de onde ele tirou a gaita, e aos poucos ele me conta tudo.

— UM SUJEITO HONRADO —

"A proposta é aquela que você já conhece", explica Feet, "vendo meu corpo pra esse doutor da Park Avenue, de nome Bodeeker, mas não por mil dólares, como imaginei. Parece que o preço anda em baixa agora porque tem muito cadáver no mercado, mas o dr. Bodeeker me pagou 400 dólares. Entrega em trinta dias.

"Eu não sabia que dá tanto trabalho vender um corpo", continua Feet. "Três médicos chamaram os tiras quando fiz a proposta, achando que sou biruta, mas o dr. Bodeeker é um velhinho bacana e ficou feliz em fazer negócio comigo, principalmente com o The Brain como referência. O doutor me diz que há anos procura uma cabeça com o formato da minha, parece que ele sabe tudo sobre cacholas. Só que agora", segue Feet, "preciso achar um outro jeito de me matar que não seja me atirando da janela, como planejei, porque o dr. Bodeeker não quer que eu detone minha cabeça".

"Bom", retruco, "acho tudo isso medonho, além de não parecer lícito. O The Brain sabe que você está vendendo seu corpo?".

"Não", responde Feet, "o dr. Bodeeker só perguntou se eu sou um homem de palavra, ele não disse por que precisava saber, mas ficou satisfeito com a resposta de The Brain. Agora vou pagar minha senhoria, acertar umas contas aqui e ali, e encher o bucho bem enchido até a hora de dizer adeus a este mundão".

Mas Feet Samuels não vai direto pagar a senhoria. Vai é dar uma checada no jogo de dados de Johnny Crackow, no centro da cidade, onde o limite é 500 dólares e os figurões raramente aparecem, mas onde a atividade é sempre interessante para um peixe pequeno.

Quando Feet entra na bodega, parece que Big Nig está tentando fazer quatro pontos nos dados, e todo mundo sabe que fazer quatro pontos é difícil, pra Big Nig ou qualquer outro. Feet Samuels fica por ali, olhando Big Nig tentar o quatro, quando um sujeito de nome Whitey diz que aposta 100 dólares, pagando dois contra um, que Big Nig consegue fazer quatro pontos, o que demonstra um nível de confiança em Big Nig que eu jamais teria.

Lógico que Feet logo saca duas notas de 100 dólares de uma vez, como caberia a qualquer sujeito com duas notas de 100 fazer, e aposta com Whitey 200 contra 100 que Big Nig não consegue fazer os quatro pontos. E logo de cara Big Nig cai fora da disputa ao tirar um sete, e Feet ganha a aposta. Bom, pra resumir a história, Feet passa ainda algum tempo por ali apostando que outros caras também não farão quatro pontos, ou seja lá qual for a contagem em jogo, e quando dá por si já acumulou 6 mil dólares e arrebentou a concorrência.

Eu o encontro de novo na noite seguinte no Hot Box, e aquele grande zagueiro, a Hortense, está com ele, deslizando pela pista sobre os pés de Feet, e até um cego pode ver que ela tem pelo menos três braceletes a mais do que antes. Algumas noites depois, ouço dizer que Feet derrotou Long George McCormack, um figurão de Los Angeles, num jogo de cartas e levou 18 mil dólares, e Feet Samuels não tem cacife para ganhar de um cara como Long George nas cartas, assim como eu não tenho cacife para passar a perna em Jack Dempsey.

Mas quando o sujeito embala na sorte durante um tempo nada o segura, e é isso que acontece com Feet. Toda noite ouvem-se histórias de que ele ganhou uma bolada aqui e acolá. Então ele chega no Mindy's um dia de manhã, e eu naturalmente vou até a mesa dele na mesma hora; Feet agora está cheio da nota e virou um sujeito de quem se pode aproximar sem restrições. Me preparo pra perguntar como vão as coisas, já sabendo que vão otimamente, quando adentra o restaurante um senhor com cara de poucos amigos, a barba grisalha e espessa cobrindo-lhe quase toda a face, e lá do meio dos fios brancos um par de olhos vasculham tudo, furiosos.

Feet empalidece ao ver o sujeito, mas acena com a cabeça e o homem acena de volta e sai. "Quem é o barba?", pergunto. "Ele apareceu por aqui outro dia e deixou todo mundo nervoso porque ninguém sabe quem é nem que apito toca."

"É o velho dr. Bodeeker", responde Feet. "Vem aqui pra conferir se ainda estou na cidade. Me meti numa sinuca."

"Por que está preocupado? Você está cheio da gaita e ainda tem duas semanas pra se divertir antes que Bodeeker queira executar o contrato", eu digo.

"Eu sei", murmura Feet, "mas agora que tenho dinheiro as coisas não estão difíceis como antes, e já me arrependo de ter feito o acordo com o doutor. Principalmente por causa da Hortense".

"O que tem ela?", pergunto.

"Acho que ela está começando a me amar porque já consigo comprar mais braceletes pra ela do que o outro sujeito", diz Feet. "Não fosse essa coisa com o doutor, eu ia propor casamento, e acho que ela até aceitava."

"Bom, então", eu sugiro, "por que você não procura o barba e devolve a gaita? Diga que mudou de ideia, não quer mais vender o corpo, embora, claro, se o barba não tivesse comprado seu corpo, você não teria ganhado essa bolada".

"O galho é que falei com ele", diz Feet, e já enxergo lágrimas em seus olhos. "Mas ele diz que não vai cancelar o negócio. E não aceita o dinheiro de volta; quer porque quer o meu corpo, diz que tenho uma cabeça de formato incomum. Ofereci quatro vezes o que ele me pagou, mas ele não aceita. Diz que meu corpo deve ser entregue, como combinado, no dia 1º de março."

"Hortense sabe desse acordo?", pergunto.

"Não, não!", responde Feet. "E nunca vou contar, ela vai me achar um doido e sei que Hortense não gosta de doidos. Ela sempre reclama do outro cara, o tal que compra os braceletes de diamante, diz que ele é um pouco louco, e se achar o mesmo de mim, é certeza que me manda passear."

É o que chamo de espeto, mas o que fazer a respeito, eu mesmo não sei. Toco no assunto com um amigo advogado, para quem o acordo não se sustenta num tribunal, mas também sei que Feet Samuels não tem a menor vontade de recorrer a um tribunal, na última vez que fez isso ficou detido como testemunha-chave e passou dez dias na cadeia.

O advogado sugere uma fuga, mas pessoalmente considero essa saída desonrosa depois que The Brain bancou a palavra de Feet com o dr. Bodeeker; além disso, sei que Feet não fará algo assim enquanto Hortense estiver por perto. Percebo que, para Feet Samuels, um fio de cabelo dela tem mais força que o cabo submarino que atravessa o Atlântico.

A semana voa e pouco vejo Feet, mas ouço dizer que ele está impossível nas mesas de dados e jogos de cartas, faturando alto e frequentando night-clubs com Hortense, que finalmente acumula tantos braceletes que não sobra mais espaço nos braços, e então ela recorre aos tornozelos, que não são ruins de olhar, não, com ou sem braceletes.

Outra semana se passa e certo dia, por acaso, estou na porta do Mindy's às 4h30 da manhã, lembrando que o prazo de Feet acabou e imaginando como ele se virou com o dr. Bodeeker, quando de repente ouço passos correndo Broadway acima e vejo que não se trata de ninguém menos que Feet Samuels, tão veloz que ultrapassa táxis em movimento como se estivessem estacionados.

Ele está realmente acelerado. Não há trânsito nas ruas a essa hora da manhã e Feet passa voando por mim. Uns 20 metros atrás dele, vem um senhor de barba grisalha, e logo noto que é ninguém menos que o dr. Bodeeker. Pra piorar, o doutor carrega uma enorme faca em uma das mãos e parece estar alcançando Feet a cada passada.

Bom, aquilo pra mim é um espetáculo dos mais inesperados, então sigo os dois pra ver como a coisa vai acabar, pois acredito que o dr. Bodeeker está tentando coletar o corpo de Feet por conta própria. Mas eu não sou muito de correr e logo os perco de vista; só consigo acompanhá-los de ouvido, guiado pelo som pesado dos sapatos de Feet no asfalto.

Eles saem da Broadway na altura da 54 e seguem rumo leste. Quando finalmente alcanço a esquina, vejo uma multidão no meio da quadra em frente ao Hot Box e sei que aquilo tem a ver com Feet e com o dr. Bodeeker antes mesmo de chegar na porta do restaurante e perceber que Feet conseguiu entrar, enquanto o doutor está discutindo com Soldier Sweeney, o porteiro, porque, ao passar por ali, Feet mandou Soldier barrar o sujeito que vinha atrás dele.

E Soldier, amigo que é, barra o doutor. Parece que Hortense está no Hot Box esperando por Feet e fica surpresa, claro, ao vê-lo chegar ofegante daquele jeito, assim como todos os outros que estão lá dentro, incluindo Henri, o maître, que é quem me conta depois o que está acontecendo porque também fiquei do lado de fora.

"Um doido está me perseguindo com um facão", Feet diz para Hortense. "Se ele entrar aqui, passo desta pra melhor. E ele está lá embaixo na porta."

É preciso dizer de Hortense que ela tem muita coragem, o que na verdade é de se esperar da filha de Skush O'Brien. Ninguém é páreo para Skush.

Henri, o maître, me conta que Hortense não perdeu a cabeça na hora, e disse que só queria dar uma olhadinha no sujeito que está perseguindo Feet.

— UM SUJEITO HONRADO —

O Hot Box fica em cima de uma garagem e as janelas da cozinha dão para a rua 54; enquanto o dr. Bodeeker discute com Soldier Sweeney, ouço uma janela ser erguida, e quem olha pra fora? Hortense.

Ela dá uma espiada, recolhe a cabeça rapidamente e, me conta Henri, grita: "Meu Deus, Feet! Esse é o mesmo senhorzinho maluco que me dá os braceletes e quer casar comigo!".

"E é também o cara para quem vendi meu corpo", diz Feet e em seguida conta para Hortense a história de seu acordo com o dr. Bodeeker. "Fiz tudo por você, Horty", conclui Feet, embora naturalmente seja uma grande lorota, porque tudo começou por causa de The Brain.

"Eu te amo, e só queria arrumar uns trocados pra gastar com você antes de morrer. Não fosse pelo acordo, eu queria casar, você seria minha querida mulher."

E então Hortense se atira nos braços de Feet e tasca um beijo naquele bocão horroroso dele e diz assim: "Também te amo, Feet, ninguém nunca fez um sacrifício desses por mim, passar o próprio corpo nos cobres. Esqueça esse negócio. Caso com você já, mas primeiro temos de nos livrar do velhote lá embaixo".

Hortense vai até a janela, põe a cabeça pra fora de novo e grita pro dr. Bodeeker: "Vá embora. Vá embora ou atiro um bicho nessa sua barba, seu velho tolo". Mas a aparição da moça só serve pra deixar Bodeeker ainda mais furioso, e ele parte pra cima de Soldier Sweeney, que acaba arrancando a faca da mão do doutor antes que alguém se machuque.

Enquanto isso, Hortense procura na cozinha algo que possa atirar pela janela em cima do velho médico, e só encontra uma bela peça de presunto que o chef acabou de colocar na mesa para fatiar e fazer sanduíches. É uma peça enorme, mas que deve durar um mês porque as fatias de presunto que colocam nos sanduíches lá no Hot Box são muito, muito finas.

Hortense pega o presunto, corre pra janela tomando impulso e joga a peça sem nem olhar direito. O presunto acerta em cheio a cabeça do pobre médico. Bodeeker não cai, mas começa a cambalear, as pernas bambas como as de um bêbado. Quero ajudar, fico com pena de ver o sujeito nessa situação e, além disso, considero um golpe baixo uma pequena como Hortense nocautear alguém com um presunto.

— UM SUJEITO HONRADO —

Eu amparo o velho médico e o levo de volta pela Broadway até o Mindy's, onde o coloco numa cadeira e peço um café com arenque à Bismarck para reanimá-lo, enquanto vários fregueses se juntam em volta, solidários.

"Meus amigos", diz por fim o doutor, olhando ao redor, "vocês veem em mim um homem com o coração partido. Não sou louco, embora meus parentes possam divergir dessa afirmação. Estou apaixonado pela Hortense. Estou apaixonado por ela desde a noite em que a vi fazendo o papel de girassol em *Scandals*. Quero casar com ela, há tempos sou viúvo, mas por algum motivo essa ideia de casamento não agrada a meus filhos.

"De fato", continua o médico, quase suspirando, "às vezes falam até em me internar quando menciono casamento. Por isso, nunca contei a eles sobre Hortense, receei que eles tentassem me desencorajar. Mas estou completamente apaixonado e sempre mando mimos para ela, embora não a veja tanto por causa dos meus parentes. Mas então descobri que Hortense está saindo com esse tal Feet Samuels. Fiquei desesperado de ciúmes, mas sem saber o que fazer. Até que o destino me apresenta

Feet com uma proposta de vender o próprio corpo. Já não pratico medicina faz anos, claro, mas mantenho um consultório na Park Avenue em nome dos bons tempos, e é lá que ele aparece.

"No início, eu o tomei por louco, mas aí ele me disse pra pedir referências ao sr. Armand Rosenthal, o figurão dos esportes, e ele me garante que Feet Samuels é confiável. Pensei assim: se eu fizer o negócio com Feet Samuels como proposto, ele vai esperar até chegar a hora de pagar suas obrigações e então fugir, e aí", segue o doutor, "não terei mais rival pela atenção de Hortense.

"Só que ele não vai embora. E eu não confio na força duradoura do amor. Então, num surto de ciúmes, saio atrás dele com uma faca, a ideia é assustá-lo pra que ele fuja da cidade. Mas é tarde demais. Percebo que Hortense também o ama, do contrário não atiraria um balde de carvão em cima de mim para defendê-lo.

"Sim, cavalheiros", lamenta o velho médico, "meu coração está partido e minha cabeça tem um enorme galo. Pra completar, Hortense ficou com todos os meus presentes, e Feet Samuels com meu dinheiro, ou seja, só me dei mal. Agora espero que

— UM SUJEITO HONRADO —

minha filha Eloise, que é a sra. Sidney Simmons Bragdon, não descubra nada disso, ou ficará tão furiosa quanto daquela vez que eu quis me casar com a linda vendedora de cigarros que trabalha no Jimmy Kelley's".

Nessa altura, o dr. Bodeeker, devastado por esses sentimentos, começa a chorar, e todos estão lamentando por ele quando The Brain, que escutou tudo, se levanta. "Não se preocupe com seus presentes nem com o dinheiro", diz The Brain. "Vou consertar o estrago porque sou o cara que garantiu a palavra de Feet Samuels para o senhor. É a primeira vez que cometo um erro desses na vida e devo pagar por isso, mas Feet Samuels vai se arrepender muito quando eu o encontrar. Também é verdade que não previ uma pequena se metendo no caso, e isso sempre faz a maior diferença, então, de fato, eu não estava tão equivocado sobre o sujeito.

"Mas", The Brain fala alto para todos ouvirem, "Feet Samuels não passa de um pilantra por não entregar o corpo conforme o combinado, e enquanto viver ele nunca mais verá 1 dólar meu nem de ninguém que eu conheça. O crédito dele na Broadway acabou pra sempre".

Mas desconfio que Feet e Hortense não se importam com isso. A última notícia que tive dos dois foi que estão em New Jersey, onde os capangas do The Brain não ousam aparecer por causa de Skush O'Brien. Pelo que ouvi, o casal cria galinhas e filhos a torto e a direito, e os braceletes de Hortense se transformaram em títulos municipais de Newark, que, segundo me contam, não são nada maus.

PRESSÃO SANGUÍNEA

São 11h30 de uma noite de quarta-feira e cá estou na esquina da rua 48 com a Sétima Avenida pensando na minha pressão sanguínea, assunto que nunca me ocupou muito.

A bem dizer, a primeira vez que ouço falar da minha pressão sanguínea foi nesta quarta-feira à tarde, quando fui consultar o dr. Brennan por causa do meu estômago e ele enrolou meu braço num pano pra depois anunciar que minha pressão está tão alta quanto é preta a asa da graúna. A recomendação é que eu cuide do que ando comendo e evite grandes emoções, ou posso cair duro quando menos esperar.

"Um homem nervoso como o senhor, com a pressão batendo no teto, precisa viver com serenidade", sentenciou o dr. Brennan. "São 10 dólares, por favor."

Bom, estou ali pensando que não vai ser tão difícil evitar emoções fortes do jeito que as coisas andam nesta cidade e, ao mesmo tempo, desejando ainda ter aquelas 10 pratas para poder apostar no Sun Beau, no quarto páreo em Pimlico no dia seguinte, quando de repente olho pra cima e vejo na minha frente ninguém menos que Rusty Charley.

Se eu soubesse que Rusty Charley vinha na minha direção, podem apostar todo o café já plantado em Java que eu estaria em outro lugar, Rusty Charley não é o tipo de sujeito com quem quero ter contato. A bem dizer, não quero nem saber dele. Ninguém na cidade quer, é muito metido a valentão. Na verdade, não existe maior valentão no mundo. Seu corpo imenso e suas mãos enormes só perdem em tamanho para a sua colossal falta de humor. Quando lhe dá na telha, não pensa duas vezes antes de nocautear pessoas e sentar-lhes a bota na cara.

Rusty Charley é o que se pode chamar de gângster; conhecido por sempre carregar uma arma no bolso da calça, é capaz de encher um desconhecido de azeitonas só porque não gostou do chapéu do infeliz – ele é muito exigente quando o assunto é chapéu. Sim, Rusty já deve ter baleado muita gente nesta cidade, e quando não usa o revólver fura as vítimas com uma faca. Só não está preso porque sempre dá um jeito de sair da cana, e a lei não tem tempo de arrumar outra razão pra mandá-lo de volta.

Logo percebi que Rusty Charley estava na área quando ouvi aquela voz:

"Ora, ora, ora, cá estamos!"

E então ele me agarrou pelo colarinho, o que significa que nem adiantaria eu pensar em dar no pé dali, embora eu quisesse, e muito, fazer isso.

"Olá, Rusty", digo amistoso. "Como vão as coisas?"

"Nem boas nem más. Assim, assim", responde Rusty. "Gostei de encontrar você, estou atrás de companhia, vou passar três dias na Filadélfia, a negócios."

"Tenho certeza de que você pode se virar bem sozinho em Philly, Rusty", retruco. Mas essa novidade me deixa muito nervoso porque, se tem algo que adoro, é ler os jornais, e por isso tenho um palpite bem certeiro sobre o interesse de Rusty na

– PRESSÃO SANGUÍNEA –

Filadélfia. Ontem mesmo li um artigo falando de Philly, sobre como Gloomy Gus Smallwood, um grande negociante de bebidas na cidade, foi fuzilado na porta de casa.

Não dá pra saber, claro, se Rusty Charley tem alguma coisa a ver com o fuzilamento de Gloomy Gus Smallwood, mas Rusty Charley estava em Philly quando Gus foi fuzilado, e eu sei somar dois mais dois, como qualquer pessoa. É a mesma coisa quando roubam um banco em Cleveland, Ohio, e Rusty Charley está em Cleveland, Ohio, ou nas vizinhanças. Por isso fico muito nervoso e com a certeza de que minha pressão está disparando.

"Quanto dinheiro você tem aí?", Rusty me pergunta. "Estou completamente duro."

"Devo ter uns 2 dólares, Rusty", respondo. "Gastei 10 pratas no médico hoje só pra descobrir que minha pressão está péssima. Mas claro que posso emprestar o pouco que tenho, sem problemas."

"Bom, 2 dólares não resolvem a situação de dois caras de classe como você e eu", diz Rusty. "Vamos jogar dados no Nathan Detroit e faturar algum."

Óbvio que não quero ir jogar dados no Nathan Detroit; mesmo que quisesse, não seria com Rusty

Charley porque um sujeito às vezes é julgado pela companhia em que anda, principalmente em mesas de dados, e Rusty Charley não é considerado exatamente boa companhia. De toda forma, não tenho dinheiro pra jogar dados e, se tivesse dinheiro pra jogar dados, não jogaria dados, apostaria no Sun Beau, ou talvez pagasse algumas contas do meu cafofo, como o aluguel, por exemplo.

Ademais, ainda lembro da recomendação do dr. Brennan para evitar emoções, e sei que emoção não vai faltar no jogo de dados de Nathan Detroit se Rusty Charley aparecer por lá, o que pode acelerar minha pressão e me mandar desta pra melhor quando eu menos esperar. A bem dizer, já sinto meu sangue correndo mais que o normal dentro de mim, mas naturalmente não vou contrariar Rusty Charley, e assim seguimos para a mesa de dados de Nathan Detroit.

Hoje o jogo é em cima de uma garagem na rua 52, embora às vezes levem para um restaurante na rua 47, ou para os fundos de uma charutaria na rua 44. Na verdade, o jogo de dados de Nathan Detroit pode acontecer em qualquer lugar e muda toda noite porque não faz sentido um jogo

— PRESSÃO SANGUÍNEA —

de dados ter endereço fixo, os tiras acabam descobrindo.

Como Nathan Detroit está sempre mudando o local do jogo, a turma interessada em fazer negócios com ele precisa perguntar toda noite onde ele está; e claro que quase todo mundo na Broadway sabe, tem gente do Nathan Detroit andando pra cima e pra baixo e informando o endereço da vez e passando a senha da noite.

Jack the Beefer está dentro do carro estacionado na frente da garagem da rua 52 quando Rusty Charley e eu chegamos, e ele logo diz "Kansas City", em voz baixa, ao passarmos, que é a senha da noite; mas não precisamos de senha quando subimos a escada porque assim que Solid John, o porteiro, checa pelo olho mágico quando batemos à porta e percebe que Rusty Charley está ali comigo ele abre a porta voando e nos dá um grande sorriso de boas-vindas, que ninguém nesta cidade é louco de deixar Rusty Charley esperando muito tempo.

O salão em cima da garagem está imundo e tomado por fumaça, e o jogo de dados acontece em uma velha mesa de bilhar; em volta da mesa, amontoados de tal forma que nem uma agulha de crochê passaria entre dois sujeitos, estão todos os grandes apostadores da cidade. Tem muito dinheiro na roda hoje e o que não falta ali é gente com o bolso fundo. Ademais, devo dizer que são vários os valentões em torno da mesa também, incluindo alguns que seriam capazes de enfiar uma bala na cabeça, ou talvez no estômago, de um desavisado sem nem pestanejar.

De fato, quando vejo tipos como Harry the Horse, do Brooklyn, e Sleepout Sam Levinsky, e Lone Louie, do Harlem, percebo que o ambiente é péssimo para minha pressão, pois são um bando de cascas-grossas, e famosos por isso em toda a cidade.

Mas lá estão eles, espremidos em torno da mesa com Nick the Greek, Big Nig, Gray John, Okay Okun, e vários outros figurões, atirando notas de mil dólares estalando de novas pra lá e pra cá como se fossem papel de pão.

Atrás desse grupo amontoado na beirada da mesa, há os peixes pequenos, que tentam enfiar a mão através da barreira dos figurões para fazer uma aposta, além dos sujeitos conhecidos como Shylocks, que emprestam um tutu a juros pra quem já perdeu tudo, pegando como garantia relógios, anéis ou até abotoaduras.

— PRESSÃO SANGUÍNEA —

Bom, como expliquei, não tem mais espaço ali nem pra alguém com raquitismo, mas Rusty Charley solta um olá bem alto assim que entramos e todo mundo se vira pra gente; de repente, surge um lugar perto da mesa pra acomodar Rusty Charley e eu. Parece mágica: num piscar de olhos, um espaço se abre onde pouco antes não cabia ninguém.

"Quem está jogando os dados?", pergunta Rusty Charley, olhando para os lados.

"É você mesmo, Charley", responde Big Nig, o responsável por recolher as apostas da mesa a cada rodada, enquanto passa os dados para Charley, mas depois fico sabendo que outro sujeito estava no meio de um lançamento, tentando tirar um nove, quando nós chegamos. Está todo mundo em silêncio, de olho em Charley. Mas não prestam atenção em mim, sou amplamente conhecido apenas como o cara que está sempre por aí, sem mais, e ninguém parece me ligar a esquemas do Charley, embora Harry the Horse me olhe de um jeito que eu sei que não ajudará minha pressão – ou a pressão de qualquer outro ali, pra dizer a verdade.

Charley pega os dados e se vira para um baixinho de chapéu-coco que está em pé ali ao lado, meio que se encolhendo pra não ser notado. Charley tira o chapéu da cabeça dele, chacoalha os dados na mão e os joga dentro do chapéu, dizendo "Hah!" à moda dos jogadores de dados. Em seguida, olha pra dentro do chapéu e diz "Dez", mas não deixa ninguém olhar no chapéu, nem eu, então não se sabe se Charley lançou um dez mesmo.

Óbvio que ninguém duvida que Charley lançou um dez porque isso seria o mesmo que chamar Charley de mentiroso, e Charley é o tipo de sujeito que deve odiar ser chamado de mentiroso.

É preciso explicar que o jogo de dados de Nathan Detroit é o que se chama de mano a mano, os caras apostam um contra o outro, e não contra a banca. É como quando dois sujeitos se juntam pra jogar dados na esquina e, por isso, Nathan Detroit não precisa se preocupar em ter uma mesa de dados padrão, como as dos outros pontos de jogatina. A bem dizer, Nathan Detroit só precisa arrumar um espaço, fornecer os dados e pegar a parte dele no fim, que não é pouca porcaria.

Num jogo com esse esquema, não tem muita coisa acontecendo até que o ponto seja estabelecido, e só então a turma em volta da mesa começa a fazer uma de duas apostas: ou o lançador acerta o ponto ou não acerta; e a probabilidade em qualquer país do mundo de um sujeito não lançar um dez antes de lançar um sete é de dois pra um.

Então, quando Charley anuncia que lançou um dez dentro do chapéu, ninguém abre a matraca. Charley olha em volta e, de repente, enxerga Jew Louie na ponta da mesa, embora Jew Louie esteja todo encolhido quando Charley estaciona o olhar nele.

"Aceito 500 pratas", diz Charley, "e, Louie, é com você", o que significa que Charley aceita que Louie aposte mil dólares contra 500 que ele não lança outro dez.

Só que Jew Louie é peixe pequeno, sempre foi, e atua mais como Shylock do que como jogador. Só está ali na ponta da mesa naquele momento porque tinha se aproximado pra emprestar uma gaita pra Nick the Greek; de modo geral, a chance de Jew Louie apostar mil contra 500 em qualquer coisa é a mesma de ele fazer uma doação ao Exército da Salvação: nenhuma. E com certeza ele nunca apostaria mil contra 500 que um sujeito não vai lançar um dez. Quando Rusty Charley anuncia a aposta, Louie começa a tremer todo.

A turma em volta não diz palavra, e então Charley chacoalha os dados na mão outra vez, assopra e joga dentro do chapéu-coco, dizendo "Hah!". Claro que ninguém além de Charley consegue ver dentro do chapéu-coco; ele próprio dá uma espiada e diz "Cinco". Daí chacoalha os dados de novo, lança no chapéu-coco dizendo "Hah!" e, depois de olhar lá dentro, anuncia "Oito". Eu já começo a suar com medo de que ele tire um sete agora e perca tudo, sei que Charley não tem 500 pratas pra pagar a aposta, embora também saiba que ele não tem a menor intenção de pagar droga nenhuma.

No lançamento seguinte, Charley grita "Dindin!" – o que significa que ele finalmente fez um dez, embora ninguém além dele mesmo olhe dentro do chapéu. Charley estica a mão na direção de Jew Louie, que lhe entrega uma bela nota de mil dólares, bem devagar, devagarinho. Não há no mundo uma expressão mais triste que a estampada no rosto de Louie quando ele precisa se separar de sua gaita. E se pensou em pedir pra ver os dados dentro do chapéu a fim de conferir o dez, Louie não chega a verbalizar esse pensamento; além do mais, Charley não parece ter planos de ficar exibindo o

— PRESSÃO SANGUÍNEA —

tal dez que lançou, e ninguém mais toca no assunto, provavelmente porque Charley não é do tipo que aceita bem que lhe questionem a palavra, principalmente sobre algo tão mundano quanto lançar um dez.

"Bom", diz Charley, embolsando os mil dólares de Louie, "acho que já deu pra mim por hoje", e então devolve o chapéu-coco ao baixinho e faz sinal para que eu o siga, o que faço com prazer porque o silêncio naquela espelunca está revirando meu estômago, e sei que isso é péssimo pra minha pressão. Ninguém dá um pio desde o momento em que pisamos ali até a hora em que saímos, e é impressionante como a gente fica nervoso quando está no meio de uma multidão silenciosa, principalmente quando se vê que a coisa pode esquentar a qualquer momento. É só quando chegamos na porta que alguém fala, e é justamente Jew Louie quem se apresenta e diz assim:

"Charley, foi do jeito difícil?"

E todos riem, e saímos em seguida, mas nunca fico sabendo se Charley lançou o dez tirando um seis e um quatro ou tirando dois cincos – que seria o jeito difícil de lançar um dez com os dados –, embora vira e mexe eu pense nesse assunto depois daquela noite.

Minha esperança agora é me livrar de Rusty Charley e ir pra casa porque já percebi que ele é o último sujeito pra se ter por perto se você tem pressão alta e, além disso, as pessoas podem ter a impressão errada de mim se me virem com ele, mas quando ameaço ir embora Charley fica chateado:

"Mas por quê? Você não é do tipo que dá pra trás justamente quando a gente está só começando. Você vai ficar comigo, sim, eu gosto da sua companhia e nós vamos até o Ikey the Pig jogar *stuss*. Ikey é um velho amigo e estou devendo uma visita."

Óbvio que não quero ir no Ikey the Pig, o lugar é longe, lá no centro da cidade, e também não quero jogar *stuss*, um jogo de cartas que nunca consegui entender; ademais, lembro de o dr. Brennan ter dito que preciso dormir de vez em quando. Mas não vejo vantagem em chatear Charley, principalmente porque ele é capaz de fazer algo drástico comigo se eu não o acompanhar.

Então ele chama um táxi e seguimos rumo ao Ikey the Pig, e o motorista acelera tanto que minha pressão parece encostar no teto, tamanho mal-estar que

— PRESSÃO SANGUÍNEA —

sinto, embora Rusty Charley nem ligue pra velocidade. Até que ponho a cabeça pra fora da janela e peço pro motorista aliviar um pouco, quero chegar inteiro ao destino, mas o sujeito continua pisando fundo.

Estamos na esquina da 19 com a Broadway quando, de repente, Rusty Charley grita pro motorista encostar, e ele encosta. Então Charley desce do carro e diz assim:

"Quando um passageiro pede pra aliviar um pouco, por que você não obedece? Vai ver só."

Aí Rusty Charley toma distância e solta uma bordoada no queixo do motorista que arranca o coitado do assento e o atira no chão. Então Charley assume o volante e lá vamos nós, com Charley no comando e o motorista esticado no asfalto feito uma tábua. Charley já foi taxista, diga-se, parou quando os tiras descobriram que ele nem sempre levava os passageiros para o endereço certo, principalmente quando acontecia de estar bêbado ao pegar o freguês. Charley não é mau motorista, mas só olha numa direção: pra frente.

Pessoalmente, eu nunca quis andar de táxi com Charley, em circunstância nenhuma, principalmente se ele está no volante, porque ele acelera demais.

Por fim ele estaciona a um quarteirão do Ikey the Pig e avisa que vamos deixar a lata velha ali até que alguém a encontre e devolva para o dono, mas, quando começamos a nos afastar, surge um tira e avisa que não podemos estacionar naquele ponto.

Bom, Charley não tolera tiras que vêm lhe dar conselhos e então decide fazer o quê? Dá uma espiada para os lados, confirma que não tem ninguém olhando, toma distância e solta um direto no queixo do tira, que dobra os joelhos, zonzo. Preciso admitir que nunca vi ninguém socar um queixo com tanta precisão quanto Charley. Enquanto o tira desaba no chão, Rusty Charley me agarra pelo braço e começa a correr rua acima; depois de cruzarmos o quarteirão, entramos no Ikey the Pig.

O lugar é o que se chama de *stuss house*, e muita gente importante da vizinhança está presente, jogando *stuss*. Ninguém fica radiante por ver Rusty Charley, embora Ikey the Pig diga que está felicíssimo. Ikey é um sujeito baixinho, de pescoço largo, e que ficaria muito bem na noite de ano-novo se surgisse nu e com uma maçã na boca, mas parece que ele e Rusty Charley são de fato velhos amigos e se gostam muito.

— PRESSÃO SANGUÍNEA —

Só que Ikey the Pig não fica tão feliz quando descobre que Charley está ali para jogar, embora Charley logo exiba sua nota de mil dólares e anuncie que não se importa em perder alguns trocados para o Ikey em nome dos bons tempos. Mas Ikey sabe que nunca porá as mãos naquela nota de mil porque Charley enfia o dinheiro no bolso, de onde não saiu mais, apesar de Charley já começar perdendo logo de cara.

Bom, às cinco da manhã Charley já está devendo 130 mil, o que é muita gaita até para um cara que sabe se defender, e é claro que Ikey the Pig sabe que é impossível receber meros 130 centavos de Rusty Charley, que dirá 130 mil dólares. Todos já foram embora àquela altura e Ikey quer fechar as portas. Está disposto a aceitar um vale de 1 milhão até, se for preciso, pra se livrar de Charley, mas o problema com o jogo de *stuss* é que o jogador tem direito a receber uma porcentagem do que vier a perder, e Ikey desconfia que Charley vai querer essa porcentagem mesmo que acabe assinando um vale, em vez de pagar a dívida, e essa porcentagem vai quebrar a banca de Ikey.

Ademais, Rusty Charley diz que não vai desistir enquanto estiver perdendo porque Ikey é seu amigo, e então resulta que Ikey, por fim, manda chamar um trapaceiro profissional chamado Dopey Goldberg, que passa a comandar o jogo até que de uma hora pra outra, trapaceando em favor de Charley, ele zera a dívida.

Pessoalmente, não presto muita atenção no jogo, mas consigo dar umas cochiladas numa cadeira no canto do salão, e o descanso parece ajudar muito minha pressão. A bem dizer, nem lembro da minha pressão quando Rusty Charley e eu saímos da espelunca de Ikey the Pig, pois estou crente de que ele vai me liberar para eu ir dormir. Mas embora sejam seis horas da manhã, com o sol já brilhando quando zarpamos do Ikey, Charley ainda está cheio de energia e não fica satisfeito enquanto não tomamos o rumo de um boteco chamado Bohemian Club.

Bem, só essa ideia já basta para acelerar minha pressão porque o Bohemian Club não passa de uma bodega de quinta categoria, para onde rapazes e pequenas se dirigem quando não há absolutamente nenhum outro lugar aberto na cidade. Quem controla as coisas ali é um cara chamado Knife O'Halloran, oriundo de Greenwich Village e tido como péssima figura. É sabido por todos que um sujeito pode perder a vida no bar de Knife O'Halloran a qualquer momento, ainda que se limite apenas a tomar a bebida servida por Knife O'Halloran.

Mas Charley insiste em ir até lá, então obviamente vou com ele. No começo, está tudo calmo e pacífico, a não ser por um grupo grande e barulhento de rapazes e pequenas, vestidos com roupas de noite e que chegaram ali depois de passar por outros nightclubs. Já Rusty Charley e Knife O'Halloran estão bebendo direto de uma garrafa que Knife carrega no bolso, para evitar que sua bebida se misture com a servida aos fregueses, e relembrando os bons tempos em que andavam com uma turma de ladrões de carro, quando de repente quatro policiais à paisana adentram o recinto.

Os tiras estão de folga e não querem encrenca, só vêm atrás de um trago antes de seguir pra casa. Provavelmente nem prestarão atenção em Rusty Charley se ele se concentrar em cuidar do próprio nariz, embora, claro, saibam muito bem quem ele é e teriam enorme prazer em enquadrá-lo se tivessem alguma queixa contra ele, o que não é o caso. Então, fazem que nem o viram. Mas se tem uma coisa que Rusty Charley odeia é polícia, e ele fica de olho nos tiras no instante em que se sentam à mesa, e aí diz assim pra Knife O'Halloran:

"Knife, qual é a visão mais bonita do mundo?"

"Sei lá", responde Knife. "Qual é a visão mais bonita do mundo?"

"Quatro tiras mortos e esticadinhos em fila", diz Charley.

Bom, ao ouvir isso, começo a me deslocar aos poucos em direção à porta porque, de modo geral, não quero encrenca com policiais, principalmente com quatro policiais, e por isso não presenciei o que aconteceu depois. Só deu pra ver Rusty Charley segurando no pé de um dos tiras que tenta acertar um chute nele; em seguida, a coisa embolou. Os rapazes e pequenas em roupas de noite começam a gritar e minha pressão bate a marca de, sei lá, 1 milhão.

Saio pela porta, mas não vou embora imediatamente, algo que qualquer pessoa sensata faria, fico por ali ouvindo a confusão que tomou conta do bar, que na verdade se resume a barulho de coisa quebrando. Não me preocupo com tiroteio porque, pelo menos com relação a Rusty Charley, ele é es-

— PRESSÃO SANGUÍNEA —

perto demais pra atirar em policiais, que é a pior coisa que alguém pode fazer nesta cidade, e os tiras também não vão sair metendo bala porque não querem que circule a notícia de que estão passando a folga numa espelunca como o Bohemian Club. Assim, concluo que eles vão só trocar pancadas.

Por fim, a confusão dentro do bar diminui e a porta da frente se abre aos poucos, deixando passar Rusty Charley, que tira a poeira do corpo com as mãos e parece estar satisfeitíssimo. Pela fresta, antes que a porta se feche, consigo enxergar um monte de caras estendidos no chão. E também ainda ouço um monte de rapazes e pequenas berrando.

"Ora, ora", diz Rusty Charley, "eu já estava achando que você tinha me abandonado, e já ia ficar furioso, mas aí está você. Vamos cair fora deste lugar, é muito barulhento, não dá nem pra conversar. Vamos pra minha casa, vou pedir pra patroa preparar o café da manhã; depois a gente descansa um pouco. Ovos com bacon não vão cair nada mal agora".

Claro que fico interessado, e muito, nos ovos com bacon, mas ir pra casa de Rusty Charley não me atrai nadinha. De minha parte, já estou por aqui de Rusty Charley e não quero nem saber da vida doméstica dele, embora, pra ser franco, eu fique surpreso ao descobrir que ele tem uma vida doméstica. Acho que ouvi dizer que ele se casou com uma das filhas de um vizinho, e que mora perto da Décima Avenida, na altura da rua 40, mas ninguém conhece muito essa história e todos acham que, se for verdade, a mulher dele deve levar uma vida de cão.

Embora a ideia de ir até o cafofo de Charley não me seduza, também não posso recusar um convite tão civilizado pra comer ovos com bacon, principalmente porque, neste momento, Charley me encara muito surpreso porque não pareço feliz, e percebo que ele não convida qualquer um para ir na sua casa. Então agradeço e digo que nada me agradará mais do que experimentar os ovos com bacon que a patroa dele fará para nós, e assim seguimos pela Décima Avenida, rumo à rua 45.

Ainda é muito cedo, os comerciantes estão começando a abrir as lojas e as crianças brincam e riem na calçada, a caminho da escola, enquanto senhorinhas sacodem lençóis e outros itens nas janelas dos cortiços, mas, quando veem Rusty Charley e eu chegando, todos ficam quietos, muito quietos, e percebo que Charley é respeitadíssimo na vizinhança

— PRESSÃO SANGUÍNEA —

onde mora. Os comerciantes entram apressados nas lojas, as crianças param de brincar e as senhorinhas recolhem os lençóis. O silêncio cobre a rua e agora só se ouve o som dos nossos passos na calçada.

Mais adiante, um carro de gelo atrelado a dois cavalos está estacionado em frente a uma loja; quando vê os cavalos, Charley tem uma ótima ideia. Para e analisa detalhadamente os bichos, embora, pelo que entendo, não passem de cavalos; grandes, gordos e sonolentos. E então Charley me diz assim:

"Na juventude, eu tinha um soco de direita muito forte, e vira e mexe eu nocauteava cavalos com um murro na cabeça. Será que perdi a pegada?", filosofa Charley. "Aquele último tira que acertei lá atrás levantou duas vezes."

Então ele se aproxima dos cavalos atrelados ao carro de gelo, prepara o punho e solta uma bifa de direita no meio da testa do bicho, a pouca distância, e o cavalão desaba fazendo cara de surpresa. Vi muitos caras baterem forte nesta vida, inclusive Dempsey nos bons tempos, mas nunca vi um soco tão forte quanto esse que Charley deu no quadrúpede.

Nessa hora, o motorista do carro de gelo sai furioso de dentro da loja por causa do que aconteceu com seu animal, mas esfria os ânimos no momento em que vê Rusty Charley e volta pra dentro da loja, deixando o cavalo ali, ainda zonzo, enquanto Charley e eu seguimos em frente. Por fim, chegamos à entrada do cortiço onde Rusty Charley diz que mora, e na frente do prédio tem um carcamano empurrando uma carroça cheia de frutas, hortaliças e outras tranqueiras, carroça que Charley aproveita pra virar quando entramos no prédio, levando o carcamano à loucura e a nos xingar em carcamanês, pelo que entendi. Pessoalmente, fico feliz em finalmente chegar a algum lugar, sinto minha pressão piorar a cada minuto que passo na companhia de Rusty Charley.

Subimos dois lances de escada e, lá em cima, Charley abre uma porta e entramos em um quarto onde está uma pequena bonitinha, ruiva e nanica, que parece ter saído de dentro de um monte de feno porque seus cabelos ruivos apontam para todas as direções e seus olhos ainda estão grudados, cheios de sono. De cara, acho a moça bem bonita, mas daí percebo algo no olhar dela que me diz que aquela pequena, seja quem for, está com muita raiva do mundo.

— PRESSÃO SANGUÍNEA —

"Olá, benzinho", diz Rusty Charley. "Dá pra sair aí uns ovos com bacon pra mim e pro meu parceiro? Estamos cansados de zanzar a noite toda."

A ruivinha só olha pra ele, sem dizer nada. Fica parada no meio do quarto com uma das mãos para trás. De repente, ela revela essa mão, que empunha nada menos que um taco de beisebol, desses que crianças usam e que custam, sei lá, 2 tostões; e quando me dou conta já estou ouvindo o som de pancadas, a primeira ela acerta em cheio no escutador de novela de Rusty Charley.

Fico horrorizado com a cena, claro, achei que Rusty Charley fosse dar cabo dela ali mesmo, e eu me daria mal por testemunhar o assassinato e passaria anos no xilindró, destino certo de quem testemunha qualquer coisa nesta cidade. Só que Charley cai sentado numa grande cadeira de balanço no canto do quarto e fica ali com a mão na cabeça dizendo: "Calma, benzinho, espera aí...". E aí anuncia: "Temos visita pro café da manhã", momento em que a ruivinha se vira pra mim e me olha de um jeito que nunca mais vou esquecer, embora eu sorria pra ela e comente que dia lindo estava fazendo.

E ela me diz assim:

"Quer dizer que você é o vagabundo que segurou meu marido na rua a noite toda?" E parte pra cima de mim, e eu parto em direção à porta; àquela altura, minha pressão foge do controle porque estou vendo que a sra. Rusty Charley não está nada calma. Coloco a mão na maçaneta e sinto uma coisa acertar minha cabeça, depois concluo que foi o taquinho de beisebol, embora a sensação era que o teto desabava em cima de mim.

Nem sei como consegui abrir a porta, completamente tonto e com as pernas bambas, mas, quando penso na situação toda, lembro que desci muitos degraus em alta velocidade e que, aos poucos, comecei a sentir golpes de ar fresco e logo percebi que tinha me safado. Mas aí experimento outra sensação estranha na nuca, como se uma coisa me cutucasse ali, e receio que a pressão tenha subido tanto que minha cachola vai explodir. Então dou uma olhada pra trás, por cima do ombro, e vejo que a sra. Rusty Charley está ao lado do carrinho do carcamano, de onde se arma de frutas e hortaliças pra atirar em mim.

Mas o que ela consegue usar para, por fim, acertar o alvo não é maçã, pêssego, nabo ou repolho, ou nem mesmo um melão, e sim um baita de um tijolo que o carcamano usa como peso para os sacos de papel que leva na carroça para embalar os produtos. E é o tal tijolo que deixa um galo tão grande na minha cabeça que o dr. Brennan achou que podia ser um tumor, no dia seguinte, quando o visitei por causa da dor de estômago, mas não lhe contei nada.

"Por outro lado", o dr. Brennan diz ao medir minha pressão, "sua pressão voltou ao normal agora, e você não corre mais risco nenhum. Prova dos benefícios que uma vida calma, sem agitação, pode trazer para o homem. São 10 dólares, por favor".

TERREMOTO

Pessoalmente, não gosto de tiras, mas procuro ser sempre cordial com eles, então quando Johnny Brannigan entrou no Mindy's numa noite de sexta-feira e se sentou na minha mesa, porque não tinha mais lugar vazio no restaurante, fui logo cumprimentando animado.

E não parei ali: ofereci um cigarro e disse que ficava feliz em vê-lo assim tão bem, embora, pra falar a verdade, a aparência dele fosse pavorosa, com aquelas olheiras enormes e o rosto fino como o quê.

Johnny Brannigan tem cara de doente, e torço secretamente para que seja algo fatal; na minha opinião, já existem tiras demais no mundo, ter alguns a menos pode ser até bom para as partes interessadas.

Claro que não digo nada a Johnny Brannigan sobre essa minha torcida, ele faz parte de um grupo chamado esquadrão armado e é conhecido por sempre carregar um cassetete no bolso, que usa para acariciar a cachola de quem toma liberdades com ele, e acredito que Johnny Brannigan encararia essa minha torcida contra sua saúde como um abuso e tanto dessa liberdade.

Meu último encontro com Johnny Brannigan tinha sido no bar do Good Time Charley Bernstein, na rua 48, com três outros tiras, e Johnny estava ali pra guindar um cara conhecido como Earthquake, assim chamado por gostar de chacoalhar as coisas.

De fato, naqueles dias, Earthquake chacoalhava a cidade inteira, baleando, esfaqueando e roubando geral, além de exibir um péssimo comportamento, e a lei queria mais era mandar Earthquake para a cadeira elétrica; consideravam-no um grande estorvo para a comunidade.

E Brannigan não guinda Earthquake nesse dia porque Earthquake logo ergue uma das mesas do bar de Good Time Charley Bernstein e a atira na cabeça de Johnny Brannigan, que apaga na hora; em seguida, saca o cano e começa a mandar bala nos tiras que acompanham Johnny Brannigan, e isso mantém os caras tão ocupados se desviando dos

— TERREMOTO —

tiros que não sobra tempo para prender Earthquake. Quando a coisa acalma, Earthquake já deu no pé.

Bom, pessoalmente, também dei no pé, não queria estar por perto quando Johnny Brannigan voltasse a si, calculei que Johnny pudesse acordar meio atrapalhado e começar a distribuir pancada com seu cassetete, achando que todo mundo ali era o Earthquake, independentemente de quem fosse, e não o vi mais até esta noite no Mindy's.

Nesse meio-tempo, ouvi boatos de que Johnny Brannigan estava fora da cidade procurando por Earthquake, parece que durante suas várias contravenções, Earthquake acabou ferindo seriamente um tira chamado Mulcahy. Na verdade, parece que Earthquake o feriu tão seriamente que Mulcahy morreu, e se tem uma coisa que é contra a lei nesta cidade é ferir um tira desse jeito. Diria até que isso é capaz de causar grande indignação entre outros tiras.

É considerado muito ilegal ferir seriamente qualquer cidadão desta cidade de tal forma que esse cidadão acabe morrendo, mas claro que isso não causa tanta indignação quanto ferir um tira, pois a cidade tem mais cidadãos para dispor do que tiras.

E, sentado ali com Johnny Brannigan, me pergunto o que aconteceria se ele topasse com Earthquake nessa busca, como ele iria se sair nessa, porque Earthquake está longe de ser um sujeito com quem eu gostaria de topar, mesmo que eu fosse um tira.

Earthquake deve medir perto de 1,95 metro e pesar uns 120 quilos, sendo que muitos desses quilos são puro músculo. Todo mundo sabe que Earthquake é um dos sujeitos mais fortes da cidade, parece que trabalhou numa fundição e ganhou todos esses músculos lá. Pra confirmar a fama, ele está sempre querendo mostrar como é forte, e um dos métodos que usa pra isso é pegar outro homem com uma das mãos e erguer até acima da própria cabeça.

Às vezes, quando se cansa de segurar os caras lá em cima, ele os joga longe, principalmente se forem tiras, ou então bate a cabeça de um contra a do outro, com força, deixando ambos de cabeça bem inchada. Mas, quando está de bom humor, Earthquake nem cogita entrar num nightclub, quebrar tudo e atirar o que sobra na calçada, incluindo o proprietário, os garçons e talvez alguns fregueses,

— TERREMOTO —

o que mostra que Earthquake é só um sujeito alegre e que gosta de se divertir.

Pessoalmente, não entendo por que Earthquake não arruma um emprego no circo, no papel do sujeito fortão, não faz sentido desperdiçar toda aquela força. Mas, quando lhe falei dessa ideia, ele respondeu que não quer sequer pensar em ter um trabalho com horários fixos, como um circo exigiria.

Johnny Brannigan não tem muita coisa a dizer logo que senta comigo no Mindy's, mas depois de um tempo olha pra mim e diz assim:

"Lembra do Earthquake? Lembra? Um sujeito muito forte?"

"Forte?", respondo. "Não existe ninguém mais forte que Earthquake. Ele aguenta segurar um prédio inteiro."

"Sim", continua Johnny Brannigan. "Isso é verdade, ele aguenta segurar um prédio inteiro. Earthquake é mesmo muito forte. Vou te contar uma coisa sobre ele.

"Três meses depois de Earthquake apagar Mulcahy (segundo Johnny Brannigan), recebemos uma dica de que ele estava em uma cidade chamada New Orleans, e, como eu o conheço pessoalmente, sou enviado para prendê-lo. Mas, quando chego a essa tal New Orleans, descubro que Earthquake já deu no pé sem deixar o endereço de onde ia.

"Passo uns dias sem nenhuma pista e já parece que a busca não vai dar em nada quando por acaso topo com um sujeito chamado Saul the Soldier, do Greenwich Village. Saul the Soldier acabou parando em New Orleans porque acompanha corridas de cavalo e fica muito feliz em encontrar um amigo de sua velha cidade natal. Eu também fico feliz em conhecer Saul, pois já estava me sentindo solitário em New Orleans. Saul conhece bem a cidade e me mostra muita coisa até que, por fim, pergunto se ele sabe dizer onde está Earthquake, e Saul diz assim: 'Earthquake pegou um barco rumo à América Central há não muito tempo, acompanhou uns sujeitos que iam se juntar a uma revolução por lá. Acho que foram para um lugar chamado Nicarágua'.

"Entro em contato com nossa central e eles me mandam ir atrás de Earthquake onde quer que ele esteja, porque os jornais em Nova York já perguntam que tipo de polícia é aquela e por que criminosos não são presos.

—TERREMOTO—

"Navego num barco a vapor e acabo chegando a essa tal Nicarágua e, depois, a uma cidade chamada Manágua. Durante uma semana, mais ou menos, vasculho o lugar em busca de Earthquake, mas não encontro nem vestígio e já começo a desconfiar que Saul the Soldier me deu uma dica furada.

"Faz um calor danado em Manágua e então, numa tarde em que estou exausto de tanto procurar por Earthquake, vou até um parque no centro da cidade, com muitas árvores frondosas. É um parque bonito, embora lá eles chamem de *plaza*, e do outro lado dessa *plaza* fica um prédio antigo, de dois andares, que parece ser um convento porque vejo várias freiras e meninas pequenas entrando e saindo por uma porta na lateral da edificação, que deve ser a entrada principal.

"Bom, estou lá sentado nessa tal *plaza* quando um sujeito grande, vestindo roupas brancas e já bem puídas, se aproxima e senta num banco ao meu lado, e fico muito surpreso ao perceber que o cara é ninguém menos que Earthquake.

"Ele não me vê de imediato; na verdade, nem percebe que estou ali até que caminho até ele, pego meu cassetete e o nocauteio. Conhecendo Earthquake, sei que não adianta querer iniciar o contato com um aperto de mãos. E não bato com muita força, não, só o suficiente para ele ficar ligeiramente atordoado um instante, enquanto coloco as algemas.

"Quando abre os olhos, Earthquake olha para cima, para as árvores, achando que talvez um coco tenha lhe caído na cabeça, e passam-se muitos minutos até ele me ver, e então ele levanta num salto, urrando, e demonstra estar muito aborrecido. Mas aí percebe que está algemado, senta de novo e diz:

'Olá, tira, quando chegou?'

"Conto a ele há quanto tempo estou na cidade e falo de quanto aborrecimento ele me causou ao deixar de ser tão notório, e Earthquake diz que, na verdade, tem estado na floresta com uns sujeitos que querem fazer uma revolução, mas que demoram tanto pra fazer as coisas que ele se encheu e veio pra cidade.

"Por fim, começamos a falar disso e daquilo outro, uma conversa muito agradável, e, embora esteja longe de casa há poucos meses, Earthquake está muito interessado no que está acontecendo em Nova York e me faz várias perguntas, e digo a ele que a bebida por lá está melhorando.

— TERREMOTO —

'E além disso, Earthquake, estão guardando um lugar bem quentinho pra você em Ossining.'

'Bem, tira, lamento ter apagado Mulcahy. Na verdade, foi um acidente, eu não queria matar Mulcahy, eu estava mirando em outro cara, eu estava mirando em você.'

"Nesse instante, o banco da praça parece escorregar debaixo de mim e me vejo sentado no chão, e aí o chão também parece estar escorregando debaixo de mim, e começo a ouvir estrondos vindos de todo lado, e também uma espécie de urro, e de início acho que talvez é o Earthquake tentando chacoalhar as coisas, até que o vejo estirado no chão a uns 15 metros de mim.

"Consigo me levantar, mas o chão continua tremendo e mal dou conta de andar até Earthquake, que agora já está sentado e bastante irritado; e, quando me vê, diz assim:

'Pessoalmente, acho um golpe baixo você me acertar de novo quando eu nem estava olhando.'

"E então explico que eu não o acertei de novo, e que, pelo que entendi do que aconteceu, fomos atingidos por aquilo que leva o mesmo nome dele, terremoto, e só de olhar em volta dá pra ver que foi isso mesmo, nuvens de poeira agora sobem de grandes montes de pedra e madeira onde poucos minutos antes havia prédios, e as pessoas correm pra todo lado.

"E aí por acaso olho para o convento, está bem avariado, e vai piorar porque as paredes continuam balançando, ameaçando cair. Pra completar, ouço gritos vindos lá de dentro.

"Percebo ainda que a porta na lateral do prédio, que parece ser a entrada principal do convento, não está mais ali, a passagem está completamente aberta, e agora aproveito pra falar sobre esse vão de entrada, pois ele ganhará importância no que virá a acontecer. É um vão largo, moldado por um batente de madeira pesada encravado na lateral da edificação, e que tem forma de arco na parte de cima da entrada. A parede em torno desse vão parece estar cedendo à força que vem de cima e dos lados, de modo que agora a passagem ganhou a forma de uma letra V invertida, e o batente vai se curvando, mas sem quebrar ainda.

"Pelo que posso ver, esse vão é a única entrada para o convento que ainda não foi bloqueada pelas pedras e pedaços de madeira que estão caindo, e

— TERREMOTO —

fica claro que logo essa passagem estará entupida também, e então digo para Earthquake:

'Earthquake, tem um monte de freiras e crianças naquele prédio ali, e concluo pelos gritos vindos lá de dentro que várias ainda estão vivas. Mas não continuarão vivas por muito tempo, as paredes vão desabar e transformar todos ali em geleia.'

'É mesmo', responde Earthquake, olhando para o convento, 'o que você diz parece realmente verdade. E então, tira, o que fazer nessa situação?'.

'Bom, acho que dá pra tirar algumas com vida dali se você me ajudar. Ouço por aí que você é um cara muito forte.'

'Forte?', retruca Earthquake. 'Devo ser o cara mais forte do mundo.'

'Earthquake', continuo, 'está vendo aquele vão de entrada ali? Se você tiver força pra manter a passagem aberta, sem a parede desabar, eu entro e retiro as freiras e crianças que ainda estiverem vivas lá dentro'.

'Nossa!', diz Earthquake. 'É a ideia mais brilhante que já ouvi da boca de um tira. Posso segurar aquele vão aberto até o ano que vem.'

"E então Earthquake estende as mãos e eu destravo as algemas. Ele corre até a entrada do convento, eu sigo atrás.

"A passagem está se fechando rapidamente por causa do peso das pedras sobre o batente de madeira; quando chegamos na entrada, a letra V invertida está tão espremida que Earthquake quase não consegue se enfiar ali no que sobrou da abertura.

"Mas ele se encaixa, de frente para o interior do prédio, e, depois de posicionado, começa a empurrar o batente à esquerda e à direita, e imediatamente entendo de onde vem sua reputação de homem forte. O vão começa a se alargar, e, à medida que o vão se alarga, Earthquake vai abrindo as pernas, de modo que em poucos segundos já existe um bom espaço entre elas. A cabeça de Earthquake está abaixada tão pra frente que seu queixo fica apoiado no peito, e dá pra ver que é enorme o peso sobre suas costas; por um instante, Earthquake parece a imagem daquele sujeito chamado Atlas, segurando o mundo nas costas.

"É justamente pelo espaço entre as pernas abertas de Earthquake que eu entro, em busca das freiras e das crianças. A maioria está em um salão no

— TERREMOTO —

térreo do prédio, todas juntas, abraçadas e gritando em coro.

"Faço sinal para que me sigam e as guio em meio aos escombros até o local onde Earthquake mantém a passagem livre, e devo admitir que até aquele ponto ele está fazendo um ótimo trabalho.

"Mas o peso sobre os ombros de Earthquake deve estar aumentando, ele já começa a arquear, o queixo agora está quase na barriga e seu rosto está roxo. Mas, por entre suas pernas abertas e em direção à rua do lado de fora do convento, faço passar cinco freiras e quinze meninas. Uma freira mais velha se recusa a sair pelo meio das pernas de Earthquake; por fim compreendo pela gesticulação toda que há mais crianças lá dentro e ela quer buscá-las também.

"Percebo que qualquer demora vai ser ainda mais desgastante para Earthquake, e talvez até um pouco irritante, então digo a ele o seguinte:

'Earthquake, você parece estar cansado, esgotado mesmo. Se você der um passo para o lado, eu mantenho o vão aberto por um tempinho enquanto você vai com essa freira resgatar as outras crianças.'

'Escuta aqui, tira', responde Earthquake, falando com a boca na altura do peito porque já não consegue erguer a cabeça, 'posso segurar esse vão aberto com meus dedos mindinhos se não estiverem torcidos, vai lá buscar as meninas que faltam'.

"Então, deixo que a velha freira me guie até a parte do prédio onde, acredito, ela sabe que estão as outras crianças, e a velha freira tinha razão, mas não preciso olhar muito pra perceber que já não adianta retirar aqueles pequenos corpos dali.

"Retornamos para onde está Earthquake, ele nos ouve chegar do outro lado do entulho e faz menção de levantar a cabeça e olhar para mim, e noto o suor escorrendo pelo seu rosto, os olhos saltando, ele está claramente irritado. Conforme me aproximo, ele diz o seguinte: 'Tire a freira daqui, depressa, tire a velha daqui'.

"Então empurro a freira pelo meio das pernas abertas de Earthquake e noto que já não há tanto espaço pra passar como antes, e concluo que os gambitos não estão suportando o peso. E falo o seguinte:

'Bom, Earthquake, é a nossa hora de ir embora. Vou sair primeiro, depois você se desencaixa da abertura e vamos procurar um jeito de voltar para Nova York, o pessoal da central deve estar preocupado.'

'É o seguinte, tira', responde Earthquake, 'não pretendo sair daqui. Se eu me mover um centímetro pra frente ou pra trás, a coisa toda desaba. Mas antes de me meter aqui embaixo eu já sabia que a chance de sair vivo era de uma em cem, não caí nessa sem saber o que vinha pela frente. Do meu ponto de vista, é melhor que a cadeira elétrica. Ainda aguento uns minutos, é melhor você sair'.

"Bom, escapo por entre as pernas abertas de Earthquake, calculo que é melhor estar fora do que dentro, e, uma vez ao ar livre, olho para Earthquake e me pergunto o que fazer. Mas também percebo que ele tem razão, se sair um centímetro do lugar, o desabamento é certo, não parece haver muito o que eu possa fazer. E então ouço Earthquake me chamar e me aproximo: 'Tira, diga pra família de Mulcahy que sinto muito. E não se esqueça de que você deve a Earthquake a sua vida, ou coisa que o valha. Ainda não sei por que não executei meu plano de deixar tudo despencar assim que você passou a velha freira pra fora, levando você comigo pra onde quer que eu vá agora. Talvez eu esteja ficando com o coração mole. Adeus, tira.'

'Adeus, Earthquake.'

"Bem", diz Johnny Brannigan, "eis a história de Earthquake".

"Olha, é uma história impressionante, Johnny. Mas, se você largou Earthquake por lá segurando a parede, talvez ele continue ali em pé. Força pra isso ele certamente tem."

"Ele é muito forte mesmo", rebate Johnny, "mas, quando eu saí de perto dele, veio outro abalo e, quando me pus em pé de novo e olhei para o convento, percebi que nem Earthquake seria forte o bastante pra aguentar aquele último tranco".

— TERREMOTO —

A PEQUENA SRTA. MARKY

São sete e pouco da noite e uma turma papeia na frente do restaurante Mindy's, na Broadway, sobre assuntos vários, em especial sobre o azar que muitos ali tiveram mais cedo no jóquei, quando aparece de braços dados com uma menina um sujeito de nome Sorrowful.

Ele tem esse apelido porque está sempre choramingando por qualquer coisa, mas principalmente quando tentam lhe passar a perna. De fato, se alguém prestes a lhe passar a perna conseguir ouvi-lo se lamentando por dois minutos sem também cair no choro, será sem dúvida alguém com coração de pedra.

Regret, o fã de turfe, conta que certa vez tentou passar a perna em Sorrowful pra faturar 10 dólares, mas, quando Sorrowful terminou de contar tudo de ruim que acontecia com ele, Regret ficou com tanta pena que acabou arrancando as 10 pratas de outra vítima e deu o dinheiro pra Sorrowful, embora seja de conhecimento público que Sorrowful tem muita gaita escondida.

Ele é um sujeito alto, magro, de rosto longo, cara de mau e voz fúnebre. Deve ter seus 60 anos mais ou menos e desde sempre anota apostas na rua 49, ao lado de uma espelunca que vende chop suey. A bem dizer, Sorrowful é um dos maiores anotadores de aposta da cidade.

Sempre que o vejo está sozinho porque, sozinho, não gasta nada, daí a surpresa quando ele aparece na Broadway junto com a pequena.

E a turma toda especula sobre o que será aquilo, ninguém nunca ouviu falar que Sorrowful tivesse família nem amigos.

E a pequena é realmente pequena, o cocuruto dela bate no joelho de Sorrowful, embora, claro, Sorrowful tenha joelhos bem altos. Além disso, é uma menina muito bonita, com grandes olhos azuis, bochechas rosadas e cachos loiros se esparramando pelas costas, e tem também perninhas rechonchudas e um sorriso franco, mas está sendo rebocada com tanta pressa por Sorrowful que vem arrastando os pezinhos pela calçada, e pode ser perdoada por estar berrando em vez de sorrir.

Sorrowful parece estar triste, bem triste, com uma expressão de dar dó, e ao chegar na frente do Mindy's acena para que a gente o siga. Qualquer um pode notar que ele está preocupado com alguma coisa muito séria, e a turma começa a achar que ele pode ter descoberto que todo tutu que ele guarda é falso, porque ninguém consegue pensar em outra coisa que preocupe Sorrowful tanto quanto dinheiro.

Então, alguns de nós sentamos em volta da mesa onde Sorrowful está com a pequena e ouvimos dele um causo dos mais surpreendentes.

Parece que no começo da tarde um jovem que tem apostado com Sorrowful já há alguns dias passou em sua banquinha de jogo, ao lado da espelunca que vende chop suey, carregando a pequena junto, e perguntou quanto tempo ainda tinha pra apostar no primeiro páreo do Empire.

Bom, ele só tinha 25 minutos, e ficou arrasado com isso porque, segundo explicou a Sorrowful, ele tem uma barbada pra esse páreo, que recebeu

— A PEQUENA SRTA. MARKY —

na noite anterior de um conhecido de um amigo do assistente do jóquei Workman.

O jovem diz também que ele mesmo pensou em fazer uma fezinha de 2 dólares, mas, como estava de bolso vazio ontem quando foi pra cama, planejou levantar cedinho hoje e correr pra rua 14, onde conhece um sujeito que pode lhe emprestar 1 duque.

Só que aparentemente perdeu a hora, as apostas já estão quase fechando e não dá tempo de ele correr até a rua 14 e voltar antes do páreo, o que resulta numa história triste, sem dúvida, mas é claro que Sorrowful nem se abala muito porque ele próprio já está triste, muito triste, só de pensar que alguém pode ganhar uma aposta dele ao longo do dia, embora as corridas ainda não tenham sequer começado em nenhum lugar.

O jovem então diz a Sorrowful que vai tentar ir até a rua 14 e voltar a tempo de apostar na barbada, e acrescenta que seria um verdadeiro crime perder uma oportunidade tão extraordinária.

"E pra garantir que não vou perder", continua o jovem, "me faz aí um vale de 2 dólares, na confiança, deixo também a menina aqui com você como garantia até eu voltar".

Bom, em condições normais, pedir um vale pra Sorrowful seria uma imensa tolice, todo mundo sabe que ele não dá vale nem pra um banqueiro como Andrew Mellon. E Sorrowful é capaz de partir o coração de ouvintes desavisados apenas descrevendo albergues para pobres que hoje abrigam anotadores de apostas que costumavam distribuir vales.

Mas o dia começa a ficar movimentado e Sorrowful já está bem ocupado; além do mais, o jovem é um cliente fiel, cliente há uma semana, mas fiel, e tem cara de honesto. Sorrowful também considera totalmente viável alguém desembolsar 2 dólares e tirar a menina do prego. Ademais, embora Sorrowful não entenda muito de crianças, logo percebe que a pequena deve valer pelo menos 1 duque, talvez mais.

Então, faz um sim com a cabeça e o jovem deposita a menina em uma cadeira e sai voando dali atrás da gaita, enquanto Sorrowful anota a aposta de 2 dólares, em confiança, no Cold Cuts, que é o nome da barbada. Aí esquece a combinação por um tempo. A menina fica na cadeira, quieta como um ratinho, rindo para os clientes de Sorrowful, incluindo os

— A PEQUENA SRTA. MARKY —

chinas da espelunca de chop suey que aparecem de vez em quando pra jogar nos cavalinhos.

Bom, Cold Cuts se revela um fiasco, não chega sequer em quinto lugar, e lá para o fim da tarde Sorrowful se dá conta de que o jovem não voltou e a menina continua sentadinha na cadeira, só que agora brinca com uma faca de açougueiro que um dos chinas do chop suey deu pra ela se distrair.

Finalmente chega a hora de Sorrowful fechar a banca, mas a menina continua ali, e ele não vê alternativa a não ser levá-la junto com ele até o Mindy's e pedir o conselho da turma, porque ele também não quer deixar a pequena sozinha naquele lugar. Sorrowful não deixaria ninguém sozinho ali, nem ele próprio.

"E agora", pergunta Sorrowful depois desse papinho todo, "o que fazemos com essa encrenca?"

Bom, claro que até esse instante nenhum de nós sabe que está sendo premiado com uma encrenca, eu, por exemplo, abro mão da minha parte, mas Big Nig, o jogador de dados, fala assim:

"Se essa menina passou a tarde sentada na sua banca de apostas, é bom forrar o bucho dela, ou o estômago da coitada vai pensar que a garganta está furada."

É uma ideia boa, sim senhor, e então Sorrowful pede uma porção de pernil com chucrute, um dos pratos mais gostosos do cardápio do Mindy's em todos os tempos, e a menina enfrenta o prato com vontade, usando as duas mãos, apesar da torcida contra – uma senhora gorducha sentada na mesa ao lado, que avisa pra quem quiser ouvir que aquilo não é comida pra enfiar numa criança, principalmente naquele horário, e cadê a mãe dela, a propósito?

"Bom", diz Big Nig para a senhora, "conheço muita gente nesta cidade que não cuidou do próprio nariz e acabou com o mesmo arrebentado, mas nesse caso a senhora até que tem alguma razão. Diz aí", Big Nig pergunta à menina, "cadê sua mamãe?".

Mas a menina parece não saber, ou talvez não queira tornar pública essa informação, porque apenas balança a cabeça e sorri para Big Nig, a boca muito cheia de pernil com chucrute para dizer alguma coisa.

"Como você se chama?", pergunta Big Nig, e ela responde algo que Big Nig julga soar como Marky, embora pessoalmente eu ache que ela está tentando dizer Martha. De toda forma, a partir desse momento, ela recebe o nome pelo qual será chamada por todos dali em diante: Marky.

"É um bom nome", diz Big Nig. "Lembra 'marca', e ela é uma marca de que Sorrowful vai receber aquele vale de 2 dólares, a menos que Sorrowful tenha inventado a história. Você é uma menina muito engraçadinha e inteligente. Quantos anos você tem, Marky?"

Mais uma vez, ela só balança a cabeça. E então Regret, o fã de turfe, que diz saber a idade de um cavalo só de olhar para os dentes do bicho, estica o braço e enfia um dedo na boca da menina pra conseguir uma panorâmica da jovem dentadura, mas a pequena confunde o dedo de Regret com um pedaço de pernil e crava os dentes com força. Regret berra de dor, mas diz que antes de quase ser mutilado conseguiu ver o suficiente pra concluir que ela tem entre 3 e 4 anos, o que parece razoável. De qualquer forma, não pode ser muito mais velha do que isso mesmo.

Nesse momento, um carcamano segurando uma gaita estaciona na frente do Mindy's e começa a tocar enquanto sua amada esposa passa o chapéu entre a turma na calçada. Ao ouvir a música, Marky escorrega da cadeira com a boca ainda entupida de pernil com chucrute, que ela tenta engolir de uma só vez e quase engasga, e diz o seguinte:

"Marky dança."

E então começa a saltitar entre as mesas segurando a saia curta com as mãozinhas e deixando entrever a roupa de baixo branca. Logo aparece o próprio Mindy e começa a fazer um escarcéu porque transformaram a espelunca dele em pista de dança, mas um sujeito de nome Sleep-out, que observa Marky com grande interesse, se oferece para atirar o açucareiro na cachola de Mindy se ele não parar de se intrometer.

Mindy se retira, mas não sem resmungar que a calcinha branca à mostra é um espetáculo indecente, o que não passa de uma grande bobagem, muitas pequenas mais velhas que Marky são conhecidas pelos números de dança que fazem no Mindy's, principalmente tarde da noite, quando param ali para um lanche a caminho de casa depois do expediente em nightclubs e *speakeasys*, e já ouvi dizer que algumas delas nem sempre usam calcinha branca.

Pessoalmente, gosto muito da dancinha de Marky. Claro que ela não é nenhuma Pavlova, acaba tropeçando nos próprios pés e aterrissa com a cara no chão. Mas se levanta depressa, sorrindo, escala a cadeira e logo cai no sono com a cabeça encostada no ombro de Sorrowful.

A discussão é grande sobre o que Sorrowful deve fazer com a menina. Há quem defenda que ele deveria levá-la a uma delegacia, outros acham que o melhor a fazer é publicar um anúncio na coluna de Achados e Perdidos dos matutinos, algo que as pessoas fazem quando acham angorás, pequineses e outros bichos que não querem guardar para si, mas nenhuma dessas ideias parece agradar a Sorrowful.

Por fim, ele diz que vai levá-la para casa e deixar que durma lá enquanto ele decide o que será feito dela. Então, Sorrowful pega Marky nos braços e a carrega para o pulgueiro onde mora há muitos anos, na rua 49 Oeste, e depois fico sabendo por um carregador de malas que Sorrowful passou a noite em claro, olhando a menina dormir.

E não é que Sorrowful se apega à pequena? O que é surpreendente, porque Sorrowful nunca se apegou a ninguém ou a nada na vida, e depois daquela noite ele não tolera a ideia de perdê-la.

Pessoalmente, eu preferiria ter um filhote de lobo em casa a uma menina como aquela, mas Sorrowful acha que foi a melhor coisa que já lhe aconteceu. Ele dá uma assuntada pela cidade, tentando descobrir a quem pertence a garota, e fica feliz da vida quando a investigação não dá em nada, embora ninguém mais acredite que a procura vá resultar em alguma coisa, não é incomum nesta cidade que crianças sejam abandonadas em soleiras de portas e depois jogadas em orfanatos por quem as encontra.

Resumindo, Sorrowful vai ficar com Marky. É uma atitude inesperada porque ficar com Marky significa mais despesas, e não parece razoável que Sorrowful aumente despesas com o que quer que seja. Quando começa a ficar claro que ele fala sério, muita gente passa a desconfiar que tem coisa ali, e logo aparecem os boatos.

Naturalmente, um dos boatos diz que Marky é filha do próprio Sorrowful, e que lhe foi devolvida pela mãe, a quem Sorrowful enganou, mas esse boato nasce de um sujeito que não o conhece. E foi só o sujeito bater os olhos no Sorrowful pela primeira vez pra já pedir desculpas pelo boato – percebeu que nenhuma mulher, nem mesmo as mais enganáveis, seria biruta a ponto de se deixar levar por Sorrowful. Pessoalmente, acho que se Sorrowful quer ficar com Marky, que fique, e o pessoal do Mindy's concorda comigo.

O problema é que Sorrowful escala todo mundo pra cuidar de Marky, e o modo como ele fala com a turma do Mindy's sobre a menina dá a impressão de que somos todos responsáveis por ela. E como a maioria dos frequentadores do Mindy's são solteiros, ou gostam de passar essa imagem, é muito inconveniente pra eles se descobrirem parte de uma família de uma hora para outra.

Há quem tente explicar a Sorrowful que, se ele pretende ficar com Marky, é responsabilidade dele entreter a menina, mas aí Sorrowful começa a lamentar que seus parceiros o estão abandonando com Marky justo quando ele mais precisa de apoio, e isso amolece o coração da turma, embora a essa altura sejamos tão parceiros de Sorrowful quanto um gatuno é de um tira. Resulta que agora toda noite no Mindy's é noite de reunião para um comitê decidir algo sobre Marky.

Nossa primeira decisão é que o pulgueiro onde Sorrowful mora não é lugar para Marky, e então Sorrowful aluga um apartamento grande em um dos pontos mais bacanas da rua 59 Oeste, com vista para o Central Park, e gasta uma nota preta para mobiliar, embora até ali ele nunca tivesse desembolsado mais do que 10 pratas por semana num quarto para dormir e achasse uma extravagância gastar mais. Ouvi dizer que só no quarto de Marky ele enterrou 5 mil, sem contar os itens de toucador, todos de ouro.

Depois, comprou um carro e precisou contratar um sujeito para dirigir. Por fim, quando explicamos a ele que não era certo que Marky morasse só com ele e o motorista, Sorrowful contratou uma dona francesa, de cabelo chanel e bochechas rosadas, chamada *mademoiselle* Fifi, para cuidar de Marky, o que foi uma boa ideia, agora o que não falta a Marky é companhia.

Na verdade, *mademoiselle* Fifi surge no momento em que a turma começa a achar Marky um estorvo e já passa a evitar a menina e Sorrowful. Mas depois da chegada da babá, mal se consegue um horário de visita no apartamento da rua 59, e fica difícil se aproximar da mesa deles no Mindy's quando Sorrowful traz as duas pra jantar. Então, certa noite, Sorrowful chega cedo em casa e pega

Sleep-out enchendo a cara com *mademoiselle* Fifi. No ato, põe a moça no olho da rua, alegando que ela está dando um péssimo exemplo para Marky.

Aí Sorrowful arrumou uma velhota chamada sra. Clancy para ser a nova babá de Marky, e enquanto ninguém duvida que a sra. Clancy seja melhor babá que *mademoiselle* Fifi, e que não existe a menor chance de ela dar um mau exemplo a Marky, a movimentação no apartamento de Sorrowful acalma, nem de longe é a mesma de antes.

Nota-se que Sorrowful mudou, passou de sujeito doentiamente apegado à bufunfa ao maior mão-aberta do mundo. Ele agora não só gasta os tubos com Marky, como também paga a conta dos amigos no Mindy's e em outros lugares, apesar de sempre ter achado absolutamente repulsivo pagar conta pra amigo.

E ele também já não se incomoda tanto quando leva um tombo em alguma aposta, se o tombo não for feio demais, claro, mas o mais impressionante é que até a cara mudou. Perdeu a aparência triste, severa, às vezes fica até agradável de olhar, principalmente porque agora Sorrowful deu pra sorrir de vez em quando, cumprimenta todo mundo e já há quem diga que o prefeito devia dar uma medalha a Marky pela maravilhosa mudança.

Sorrowful gosta tanto de Marky que a quer com ele o tempo todo, e são muitas as críticas que ele ouve por levar a menina ao seu ponto de apostas, cheio de chinas e apostadores, principalmente apostadores, e depois carregá-la para os nightclubs, onde ficam até a madrugada, um tipo de criação que a turma acha inadequada para a menininha.

Então fazemos uma reunião no Mindy's pra debater o caso, e convencemos Sorrowful a manter Marky longe do ponto de apostas. Mas como também sabemos que ela adora nightclubs, principalmente os que tocam música, seria um pecado, uma pena mesmo, privá-la totalmente desse prazer, então chegamos a um meio-termo e concordamos que Sorrowful levará a menina uma noite por semana ao Hot Box, na rua 54, que fica a poucos quarteirões de onde Marky mora, e, assim, Sorrowful consegue voltar pra casa relativamente cedo. E funciona: depois disso, Sorrowful quase nunca coloca a menina pra dormir depois das duas da manhã.

Marky gosta de nightclubs que tocam música porque é onde ela pode fazer sua dancinha, e

Marky ama dançar, principalmente sozinha, embora sempre acabe rodopiando e caindo de cara no chão, o que a turma considera um final dos mais artísticos.

A banda The Choo-Choo Boys, do Hot Box, sempre toca uma música especial para Marky dançar entre uma atração e outra, e ela é muito aplaudida, especialmente pelo pessoal da Broadway que a conhece, embora Henri, o gerente do Hot Box, tenha me dito que se dependesse dele Marky não faria mais a dancinha lá porque teve uma noite em que vários de seus melhores fregueses da Park Avenue, incluindo dois milionários e duas senhoras que não entendiam direito o que era aquela dancinha, caíram na gargalhada quando Marky se esborrachou no chão, e Big Nig saiu atirando nos caras, tentou acertar inclusive as senhoras, mas foi expulso do recinto a tempo.

E então, em uma noite fria, neve caindo, a turma está reunida nas mesas do Hot Box, papeando e tomando um aperitivo, quando pela porta entra Sorrowful, que parou ali a caminho de casa. Lembremos que agora Sorrowful é um sujeito que circula por toda parte, está sempre chegando ou partindo. Marky não está com ele, não é a noite da menina, que ficou em casa com a sra. Clancy.

Minutos depois da chegada de Sorrowful, surge no nightclub um sujeito de nome Milk Ear Willie, morador do West Side, conhecido ex-boxeador, meio surdo (daí ser chamado de Milk Ear Willie) e que, segundo consta, sempre anda com um três-oitão no bolso. Consta também que já apagou muita gente nesta vida, e por isso é considerado uma figura pouco confiável.

E parece que ele foi até o Hot Box pra rechear Sorrowful de chumbo. Os dois tiveram uma arenga no dia anterior por causa de uma aposta no jóquei, e Sorrowful só não está mortinho da silva agora porque, na hora em que Milk Ear saca o cano e aponta pra ele, Marky entra no restaurante.

Ela veste uma camisolinha longa, que se enrola nos pés descalços enquanto corre pelo salão e se atira no colo de Sorrowful. Se Milk Ear apertasse o gatilho ali, poderia acabar acertando Marky, o que nem de longe era sua intenção. Ele põe a arma de volta no bolso e se retira fulo da vida, não sem antes meter a boca em Henri por deixar criança entrar no nightclub.

— A PEQUENA SRTA. MARKY —

Sorrowful fica sabendo só mais tarde que Marky salvou-lhe a vida, na hora ele se preocupou mais com o fato de a menina ter andado cinco quarteirões descalça na neve, não pensou em mais nada, e a turma no restaurante também está preocupada e se perguntando como Marky conseguiu chegar ali. Mas Marky não tem uma boa explicação para o seu ato, parece que acordou sozinha, viu a sra. Clancy dormindo e sentiu falta de Sorrowful.

Nesse momento, os Choo-Choo Boys começam a tocar a música de Marky, ela se desvencilha dos braços de Sorrowful e corre para a pista de dança.

"Marky dança", diz.

Então ela puxa a barra da camisola com as mãos e começa a saltitar pelo salão até que Sorrowful a pega no colo de novo, embrulha-a em seu sobretudo e a leva pra casa.

E aí no dia seguinte Marky acorda doente porque andou descalça na neve na noite anterior vestindo só uma camisolinha. No fim do dia, ela está ainda pior, pneumonia, parece, e Sorrowful a leva ao hospital Clinic e já contrata duas enfermeiras e dois doutores, e quer contratar outros, mas é convencido de que não precisa por enquanto.

Mais um dia e nada de melhora; à noite, a coisa piora e a administração do hospital está incomodada porque não tem mais onde colocar as cestas de frutas, doces, flores, bonecas e brinquedos que não param de chegar. Ademais, a administração tampouco aprecia aquele monte de gente zanzando pelo corredor onde fica o quarto de Marky, gente como Big Nig, Sleep-out, Wop Joey, Pale Face Kid, Guinea Mike e outras figuras proeminentes, principalmente porque esses caras não param de cantar as enfermeiras.

Entendo o ponto de vista da administração, claro, mas devo dizer que nenhum outro visitante traz mais alegria aos pacientes do hospital que Sleep-out, que vai de ala em ala deixando uma palavrinha de conforto a todos os internados, e também não dou bola aos boatos de que ele só faz isso pra dar uma conferida nos quartos e ver se tem alguma coisa que valha a pena surrupiar. Uma senhorinha de Rockville Center, que sofre de icterícia, chegou a armar um escândalo quando Sleep-out foi retirado à força do seu quarto. Disse que ele estava no meio da história sobre um caixeiro-viajante e que ela queria saber o final.

— A PEQUENA SRTA. MARKY —

São tantas as figuras proeminentes entrando e saindo do hospital que os matutinos finalmente concluem que algum mafioso importante deve estar internado ali, cheio de furos de bala, e com isso também aumenta o número de repórteres que vêm atrás da história. E logo descobrem que aquela comoção toda é por causa de uma menininha, e, embora fosse natural que uma garotinha como Marky pouco importasse para os jornalistas, eles ficam mais alvoroçados com a história toda do que se o paciente fosse Jack Diamond.

De fato, no dia seguinte todos os jornais trazem grandes reportagens sobre Marky, e também sobre Sorrowful e sobre as figuras proeminentes que têm frequentado o hospital por causa da menina. Pra completar, uma das reportagens descreve como Sleep-out entretém outros doentes, o que passa a ideia de que Sleep-out tem um coração enorme.

São três horas da manhã do quarto dia de internação de Marky quando Sorrowful adentra o Mindy's com aparência muito triste. Pede um sanduíche de esturjão no pão preto e se põe a explicar que Marky piora a cada minuto, e que ele não acha que os médicos estão ajudando muito. Ao ouvir isso, Big Nig, que adora um jogo de dados, diz assim:

"Se pelo menos desse pra chamar Doc Beerfeldt, o grande especialista em pneumonia, ele sim podia curar Marky num estalo. Mas, claro", segue Big Nig, "é impossível trazer Doc Beerfeldt, só sendo um John Rockefeller, ou talvez o presidente".

Todos ali sabem, naturalmente, que Big Nig tem razão, Doc Beerfeldt é o maior doutor da cidade, ninguém consegue chegar perto dele nem pra presenteá-lo com um pêssego maduro, muito menos pra convencê-lo a ir até um paciente. Ele já é idoso, atende pouca gente, e mesmo assim só pessoas ricas e influentes. Ademais, está cheio da gaita, dinheiro não o interessa mais; em resumo, é uma grande bobagem pensar em trazer Doc Beerfeldt a essa hora da madrugada.

"Quem a gente conhece que conhece Doc Beerfeldt?", pergunta Sorrowful. "Quem poderíamos chamar que tem influência suficiente pra convencer o cara a dar uma olhada em Marky? Pago o dinheiro que for. Pensem em alguém."

E enquanto estamos todos pensando, quem aparece no Mindy's senão Milk Ear Willie, e ele entra determinado a mandar bala em Sorrowful. Mas antes de Milk Ear começar a distribuir azeitonas, Sleep-out corre até ele e o arrasta para uma mesa de canto, onde começa a sussurrar alguma coisa em seu ouvido bom.

Sleep-out fala e Milk Ear olha para Sorrowful com ar de surpresa, e por fim começa a concordar com a cabeça e, na sequência, levanta e sai apressado do restaurante, enquanto Sleep-out volta para nossa mesa e diz assim:

"Vamos todos para o hospital. Despachei Milk Ear Willie pra casa do Doc Beerfeldt na Park Avenue, ele vai levar o doutor até o hospital. Mas tem o seguinte, Sorrowful", continua Sleep-out, "se Willie conseguir convencer o médico, você precisa acertar as contas da tal aposta que fez com ele. Acho até que ele deve estar com a razão, lembro de você levar a melhor comigo numa situação parecida e eu sabia que eu é que tinha razão".

Pessoalmente, considero aquele papo de despachar Milk Ear Willie pra buscar Doc Beerfeldt uma grande bobagem, e todos concordam comigo, mas talvez Sleep-out esteja fazendo isso pra animar Sorrowful. No mínimo, evitou que Milk Ear fuzilasse Sorrowful, o que a turma achou muito elegante da parte de Sleep-out, principalmente porque Sorrowful está sob muita pressão no momento pra conseguir se esquivar de tiros.

Seguimos então, uns dez de nós, para o hospital, e enquanto a maioria fica no saguão, no térreo, Sorrowful sobe para esperar no corredor do quarto de Marky. É onde ele fincou os pés desde que a menina foi internada, só sai dali pra ir ao Mindy's de vez em quando comer alguma coisa; às vezes, abrem a porta do quarto um pouco para ele dar uma espiada em Marky.

São seis da manhã quando ouvimos um táxi parar na porta do hospital e, logo depois, entra Milk Ear Willie acompanhado de outro sujeito do West Side de nome Fats Finstein, conhecido por todos como grande amigo de Willie. Entre os dois, caminha um senhorzinho de cavanhaque pontudo que parece vestir apenas um roupão de seda e está um pouco agitado, principalmente porque Milk Ear e Fats Finstein não param de cutucá-lo pra que apresse o passo.

Resulta que o tal senhorzinho é ninguém menos que Doc Beerfeldt, o grande especialista em pneumonia; pessoalmente, nunca vi um cara tão enfurecido, embora precise admitir que não o culpo por estar uma fera depois de saber que Milk Ear e Fats Finstein acertaram a cachola do mordomo do doutor logo na entrada da casa, depois invadiram o quarto, arrancaram o médico da cama sob a mira de três-oitões e o obrigaram a acompanhá-los.

Acho esse tipo de tratamento muito descortês para um doutor tão famoso, e se eu fosse Doc Beerfeldt sairia gritando pela polícia assim que pisasse no hospital. Acho até que ele pensou em fazer isso, mas, assim que Milk Ear Willie e Fats Finstein chegam com ele no saguão, Sorrowful está descendo pelas escadas. E quando Sorrowful vê Doc Beerfeldt corre até ele e diz:

"Doutor, faça alguma coisa pela minha menina, ela está morrendo, doutor. É só uma garotinha, o nome dela é Marky. Não passo de um apostador, doutor, não significo nada para o senhor nem para ninguém, mas, por favor, salve a menina."

O velho doutor então alisa o cavanhaque pontudo e olha para Sorrowful, e percebe que os olhos de Sorrowful estão marejados. E, sei lá, talvez o médico saiba que já faz anos, muitos anos, que aqueles olhos não ficam marejados. Então o doutor olha para Milk Ear Willie, Fats Finstein e para o restante da turma, e também para as enfermeiras e residentes que começam a vir de toda parte. E diz assim:

"Mas o que é isso? Uma criança? Uma criança pequena? Achei que esses gorilas estavam me raptando para cuidar de algum outro gorila baleado. Uma criança? Isso é diferente. Por que não disseram logo? Onde está a criança?", ele prossegue. E completa: "E alguém me arrume umas calças".

Todos o seguimos até a porta do quarto de Marky e ficamos esperando do lado de fora depois que ele entra. Esperamos horas, parece que nem mesmo Doc Beerfeldt consegue pensar no que fazer nessa situação, embora ele tente de tudo. Às dez e meia da manhã, ele abre a porta devagar e pede que Sorrowful entre, assim como a turma toda, e balança a cabeça, muito triste.

Somos tantos ali que enchemos o quarto em volta da caminha estreita onde Marky está deitada feito uma flor, com os cachinhos loiros esparramados sobre o travesseiro. O velho Sorrowful cai de joelhos ao lado da cama e suspira fundo. Ouço Sleep-out fungar como se estivesse gripado. Marky

— A PEQUENA SRTA. MARKY —

parece dormir quando entramos, mas enquanto estamos ali em volta da cama ela abre os olhos e parece nos ver, mais que isso, parece saber quem somos, sorri para cada um de nós e tenta esticar a mão na direção de Sorrowful.

Ao fundo, bem ao longe, chega um som de música que entra pela janela meio aberta, é um grupo de jazz que ensaia ali perto do hospital, e Marky parece ouvir a música, vira a cabecinha e dá a entender que está ouvindo. Ela sorri de novo pra nós e murmura:

"Marky dança."

Ela tenta pegar a barra da camisolinha, como sempre faz quando dança, mas as mãos caem sobre o peito, suaves e alvas e leves como flocos de neve. Marky nunca mais dançará neste mundo.

Doc Beerfeldt e as enfermeiras tiram todos do quarto imediatamente, e enquanto estamos no corredor, do lado de fora, sem saber direito o que dizer, um rapaz e duas mulheres, uma delas mais velha, a outra menos, chegam muito agitados. O rapaz parece conhecer Sorrowful, que está sentado em uma cadeira ao lado da porta do quarto, porque corre até ele e diz:

"Onde está ela? Onde está minha filha querida? Você se lembra de mim? Deixei a menina com você enquanto ia resolver umas coisas, e aí no meio do caminho me deu um branco. Quando dei por mim, estava de volta à casa da minha família em Indianápolis, com minha mãe e minha irmã, que estão aqui, e não conseguia me lembrar onde tinha deixado a menina."

"O coitado sofre de amnésia", diz a mulher mais velha. "As histórias de que ele abandonou a esposa em Paris e a filha em Nova York não são verdadeiras."

"Isso mesmo", diz a mulher que não é velha. "Se não tivéssemos lido as reportagens nos jornais sobre a chegada da menina neste hospital, nunca saberíamos o paradeiro dela. Mas está tudo bem agora. Claro que nunca aprovamos o casamento de Harold com uma artista, e só recentemente ficamos sabendo que ela morreu em Paris logo depois da separação, e lamentamos muito. Mas está tudo bem agora. Cuidaremos da menina."

Enquanto tudo isso acontece, Sorrowful em nenhum momento olha para eles. Fica ali sentado, mirando a porta do quarto de Marky. E agora, virado para a porta do quarto, algo muito estranho acontece com seu semblante: de repente ele retoma aquela aparência triste e severa que tinha antes de conhecer Marky. Um semblante que nunca mais o abandonaria.

"Seremos ricos", diz o rapaz. "Acabamos de saber que minha filha querida é a única herdeira da fortuna deixada pelo avô materno, que acaba de esticar as canelas. Imagino que eu deva alguma coisa a você?"

E então Sorrowful levanta da cadeira, olha para o rapaz e para as duas mulheres, e diz:

"Sim, me deve aquele vale de 2 dólares pela aposta que você fez e perdeu no Cold Cuts."

E completa: "Quero receber já, para poder riscar seu nome do meu caderno".

Em seguida, caminha pelo corredor e deixa o hospital, sem olhar para trás, e há um intenso silêncio, só quebrado pela fungação de Sleep-out e pelos soluços em alto e bom som de alguns de nós, e lembro agora que o sujeito que soluça mais sentido é ninguém menos que Milk Ear Willie.

O IDÍLIO DA SRTA. SARAH BROWN

Dentre todos os grandes jogadores que este país já viu, não há dúvidas de que o sujeito a quem chamam The Sky é o maior de todos. E é conhecido como The Sky justamente por não ter limites quando o assunto é apostar, seja lá no que for. Aposta tudo que tem, e ninguém pode apostar mais do que isso.

Seu nome de batismo é Obadiah Masterson, e ele nasceu numa cidadezinha no sul do Colorado, onde aprendeu a jogar dados, cartas e mais uma coisinha ou outra, e onde seu pai era um cidadão conhecido e, a seu modo, um jogador também. The Sky conta que, quando finalmente embolsou todo o dinheiro possível em sua cidade natal e decidiu que precisava de mais espaço, seu velho pai o chamou para uma conversa e disse assim:

"Filho, você agora vai ganhar o mundo e construir seu próprio caminho, e isso é muito bom, já não existem oportunidades pra você aqui neste buraco. Só lamento não poder financiar seus primeiros passos. E, como não tenho nenhuma gaita pra lhe dar, deixo aqui alguns conselhos valiosos, coisas acumuladas ao longo de anos de experiência por aí e que espero que você guarde bem.

"Filho", ele continua, "não importa para onde você vá nem quanto você aprenda, sempre se lembre disto: um dia, um sujeito vai chegar em você e mostrar um baralho novinho em folha, fechado na caixa, e vai querer apostar que o valete de espadas vai saltar do baralho e espirrar sidra no seu ouvido. Filho, não aceite essa aposta; se aceitar, é certeza que você vai acabar com o ouvido cheio de sidra".

The Sky guardou o conselho do pai e sempre tomou muito cuidado com esse tipo de aposta em que o valete de espadas pula de um baralho fechado e espirra sidra no ouvido dele, e por conta disso comete poucos erros pelo caminho. Na verdade,

— O IDÍLIO DA SRTA. SARAH BROWN —

o único grande erro que The Sky cometeu foi ao chegar em Saint Louis, depois de deixar sua cidade natal, quando perdeu todo o dinheiro que tinha apostando que Saint Louis era a maior cidade do mundo.

Claro que isso aconteceu antes de The Sky conhecer cidades maiores, e ele nunca foi muito de ler sobre esses assuntos mesmo. A única leitura a que ele se dedicou na vida foi daquelas bíblias de hotel; The Sky morou em hotéis durante anos.

Ele me conta que leu muita coisa interessante nessas bíblias, e que muitas vezes essas leituras evitaram que se metesse em encrenca, como na vez que se viu numa sinuca em Cincinnati, devendo pra todo mundo na cidade, menos para o prefeito, por causa de algum tipo de jogo de azar.

The Sky diz que não tinha como honrar aquelas dívidas e estava chegando à conclusão de que a única saída era tomar um chá de sumiço quando leu o seguinte em uma daquelas bíblias:

"É melhor não fazer votos do que fazer e não cumprir."

The Sky diz que não há espaço pra dúvida ali, que aquilo significa que o homem não deve trapacear e, por isso, ele fica em Cincinnati até conseguir se desvencilhar da situação. A partir de então, The Sky nunca mais pensa em trapacear ninguém.

Ele deve ter uns 30 anos, é alto, tem o rosto redondo, grandes olhos azuis, e sempre aparenta a inocência de um bebê. Mas The Sky está longe de ser inocente. Na verdade, é mais esperto que três advogados da Filadélfia, o que faz dele um sujeito muito esperto, e está bem estabelecido como um grande jogador em New Orleans, Chicago, Los Angeles e onde quer que haja algo remotamente similar a jogo de cartas, dados, turfe e apostas em partidas de beisebol. The Sky está sempre viajando pelo país atrás de ação.

Embora The Sky aposte em qualquer coisa, ele gosta mesmo é de baralho e dados, além de ser muito bom nas chamadas proposições, como as que sempre surgem entre cidadãos que têm nos jogos de azar um meio de vida. Muita gente prefere apostar em proposições a qualquer outra coisa, acham que a proposição lhes dá a chance de se mostrarem mais astutos que o oponente. Conheço uns sujeitos capazes de passar a noite em claro bolando proposições para o dia seguinte.

Uma proposição pode ser apenas um problema envolvendo cartas, do tipo: "Aposto que esse cara não consegue tirar um ás atrás do outro", ou ainda, "Com que frequência um par de dois ganhará das outras mãos na mesa?", mas pode também ser uma proposição meio maluca; na verdade, quanto mais maluca a proposição, mais a turma parece gostar. E é impossível cruzar com The Sky sem que ele tenha alguma proposição pra fazer.

Da primeira vez que ele apareceu nesta cidade, por exemplo, The Sky foi a um jogo de beisebol no Polo Grounds com vários sujeitos importantes. Lá no estádio, comprou um saquinho de amendoins Harry Stevens e colocou no bolso do casaco. Comeu os amendoins durante a partida e, no fim, quando caminhava pelo campo com o pessoal, disse assim:

"Querem apostar que consigo atirar um amendoim da segunda base e acertar o *home plate*?"

Bom, todo mundo sabe que um amendoim é leve demais para voar tão longe, então Big Nig, o jogador de dados, que sempre prefere apostar na certeza, diz assim:

"Três contra um aqui, forasteiro."

"Duzentos contra seiscentos", diz The Sky e segue para a segunda base, pega um amendoim do bolso e não só catapulta o negócio até o *home plate*, mas acerta também a barriga de um gordo que ainda está sentado nas tribunas xingando Bill Terry por não tirar Walker do jogo, posto que Walker levou uma surra do adversário.

Bom, óbvio que o lançamento foi impressionante, mas depois se descobre que The Sky atirou um amendoim recheado de chumbo, e claro que não era amendoim do Harry Stevens porque Harry não vende amendoim recheado de chumbo por alguns centavos o saquinho, principalmente com o preço do chumbo do jeito que está.

Poucas noites depois desse episódio, The Sky oferece uma proposição das mais incomuns a um grupo que está jantando no Mindy's: aposta 100 pratas que consegue descer até a adega do Mindy's e capturar um rato vivo com as mãos. E, para surpresa geral, o próprio Mindy aceita a aposta, o que é inesperado porque normalmente Mindy não apostaria sequer que está vivo.

Mas parece que Mindy sabe que The Sky plantou um ratinho ensinado lá na adega, e o rato conhece

The Sky, inclusive gosta muito dele e deixa que The Sky o pegue quando quiser, mas também parece que Mindy sabe que um de seus funcionários cruzou com esse rato e, sem perceber que era ensinado, esmagou-o feito panqueca. Assim, quando The Sky desce até a adega e tenta pegar o rato com as mãos, fica espantado com a agressividade do bicho, só que se trata de um dos ratos da coleção pessoal de Mindy, e depois Mindy diz pra quem quiser ouvir que aposta o que for que nem mesmo o lutador Strangler Lewis consegue pegar um dos seus ratos com as mãos, nem usando luvas de boxe.

Só estou lhes contando esses casos para mostrar como The Sky é esperto, e lamento demais não ter tempo de falar de outras proposições notáveis que ele inventa quando não está cuidando de seus negócios regulares.

É de conhecimento público que The Sky é muito honesto em todos os aspectos, que odeia e despreza quem trapaceia no baralho ou nos dados e, além disso, nunca desejou se sair melhor do que todo mundo, ou não muito. E não se aproveita da sua atual posição, como muitos jogadores adoram fazer, do tipo virar proprietário de uma casa de jogo para ter a vantagem a seu favor, e não contra. The Sky é, acima de tudo, um jogador e diz que nunca vai se estabelecer em um mesmo lugar por muito tempo, a ponto de se tornar proprietário de qualquer coisa.

De fato, em todos esses anos em que The Sky tem vagado pelo país, nunca se ouviu que ele tivesse posses, exceto talvez algum dinheiro no bolso, e quando ele chegou à Broadway pela última vez, que é o período de que estou falando, tinha 100 mil em dinheiro e uma mala de roupas, e era tudo que tinha no mundo. Nunca teve casa, carro ou joias. Nunca teve um relógio porque, diz, o tempo nada significa para ele.

Alguém vai dizer que 100 mil equivale a ser proprietário de alguma coisa, mas, no caso de The Sky, o dinheiro não passa de algo que ele usa pra brincar; por ele, os dólares podiam ser substituídos por rosquinhas. O único momento em que The Sky pensa em dinheiro como dinheiro é quando ele está falido, e ele só sabe que está falido quando enfia a mão no bolso e só encontra os dedos.

E então é preciso que The Sky saia por aí e arrume dinheiro novo em algum lugar, e, quando o

— O IDÍLIO DA SRTA. SARAH BROWN —

assunto é arrumar dinheiro, The Sky é quase sobrenatural. O sujeito consegue mais dinheiro mandando apenas um telegrama do que John Rockefeller consegue oferecendo uma garantia, pois todos sabem que a palavra de The Sky vale ouro.

Em uma noite de domingo, The Sky caminha pela Broadway e topa na esquina da rua 49 com um pequeno grupo de missionários que promovem um encontro religioso, o tipo de coisa que missionários adoram fazer no domingo à noite, e a ideia deles é conseguir arrebanhar meia dúzia de pecadores aqui e ali, embora pessoalmente eu sempre achei que os missionários saem de casa muito cedo para flagrar pecadores nesse trecho da Broadway. A essa hora, os pecadores ainda estão em casa, descansando dos atos pecaminosos da noite passada, querem estar em boa forma pra pecar de novo mais tarde.

São apenas quatro missionários, dois homens mais velhos, uma senhorinha e uma garota que toca trompete. Assim que bate o olho na garota, The Sky está caidinho, é a garota mais bonita que já se viu na Broadway, principalmente entre missionárias. O nome dela é Sarah Brown.

Ela é alta e magra, suas formas são de primeira, o cabelo é castanho aloirado e os olhos são algo que nunca vi antes, mas são cem por cento olhos, sob todos os aspectos. Ademais, ela não é má trompetista, se você aprecia trompetistas, embora nesse trecho da Broadway ela concorra com a banda da espelunca que vende chop suey na esquina, e o páreo é duro, embora a turma ache que a srta. Sarah Brown vai sair vencedora com folga se conseguir mais apoio de um dos sujeitos mais velhos, que toca bumbo mas não bate no instrumento com tanta emoção.

The Sky fica ali ouvindo a srta. Sarah Brown tocar trompete por um bom tempo, e depois ouve também o sermão que ela faz atacando com força todos os pecados e elevando a religião às alturas, e ainda diz que, se há entre eles almas que precisam de salvação, os proprietários das mesmas podem dar um passo à frente agora. Só um voluntário dá um passo à frente, e então The Sky vai até o Mindy's, onde a turma está congregada, e começa a nos contar sobre a srta. Sarah Brown. Mas é claro que já sabemos da srta. Sarah Brown porque ela é tão linda e tão boa.

— O IDÍLIO DA SRTA. SARAH BROWN —

Ademais, todos sentem um pouco de pena da srta. Sarah Brown porque, apesar de ela estar sempre tocando o trompete, fazendo sermões e tentando salvar almas que precisam ser salvas, parece que não consegue encontrar almas suficientes, seu grupo de missionários nunca aumenta. Na verdade, diminui, pois começou com um cara que tocava trombone muito bem, mas que deu no pé e levou o trombone, o que todos consideraram um golpe baixo.

Daquele dia em diante, The Sky não se interessa por mais nada, só pela srta. Sarah Brown. Toda noite em que ela se planta na esquina com seu grupo de missionários, lá está The Sky, olhando pra ela. Depois de algumas semanas, é óbvio que a srta. Sarah Brown deve ter percebido que The Sky está olhando pra ela, ou seria mais burra do que humanamente razoável. E ninguém acredita que a srta. Sarah Brown seja burra, ela está sempre muito atenta e parece muito capaz de se cuidar sozinha, mesmo na Broadway.

Às vezes, quando a reunião na rua termina, The Sky segue os missionários até a sede, que fica num velho armazém na rua 48, onde geralmente fazem outra reunião, e ouvi dizer que The Sky deposita notas graúdas na caixa do dízimo enquanto olha para a srta. Sarah Brown, e pode apostar que essas notas vêm a calhar para a missão, pois dizem que os negócios não vão bem por ali.

A missão é chamada Salve Uma Alma e é administrada principalmente pelo avô da srta. Sarah Brown, um velho bigodudo chamado Arvide Abernathy, mas é a srta. Sarah Brown quem parece arcar com a maior parte do trabalho, incluindo tocar o trompete e visitar os pobres e mais uma coisinha ou outra, e a turma toda lamenta que uma pequena tão bonita desperdice seu tempo sendo boazinha.

O modo como The Sky acaba conhecendo a srta. Sarah Brown é um grande mistério, mas o fato é que, de repente, ele a está cumprimentando, e ela sorri de volta com aqueles olhos cem por cento. Certa noite, quando por acaso estou com The Sky, topamos com ela caminhando pela rua 49 e The Sky a chama e comenta que a noite está muito agradável, o que é verdade. E depois The Sky diz assim para a srta. Sarah Brown:

"Como vão as coisas na missão? Estão conseguindo salvar algumas almas?"

E pela resposta da srta. Sarah Brown parece que o setor de salvamento de almas anda em baixa ultimamente.

"Na verdade", ela diz, "eu me preocupo muito com o pequeno número de almas que salvamos. Às vezes me pergunto se nos falta Graça Divina".

Então ela retoma a caminhada, The Sky a segue com o olhar e me diz:

"Queria arrumar um jeito de ajudar essa pequena, principalmente no salvamento de almas, pra aumentar o número de pessoas na missão. Preciso falar com ela de novo e ver se consigo pensar em alguma coisa."

Mas The Sky não volta a conversar com a srta. Sarah Brown, alguém sopra no ouvido dela que ele não passa de um jogador profissional, que é uma figura nociva e que só fica rodeando a missão porque ela é uma pequena muito bonita. E com isso, de uma hora pra outra, a srta. Sarah Brown dá um gelo em The Sky. Ademais, faz chegar a ele o recado de que não aceitará mais seu dinheiro porque é dinheiro sujo.

Claro que isso fere os sentimentos de The Sky, e fere muito, e ele para de olhar para a srta. Sarah

Brown e de ir à missão, e volta a circular com a turma do Mindy's e a se interessar pelos assuntos da comunidade, principalmente os jogos de dados.

Os jogos de dados que acontecem atualmente não são lá essas coisas, quase todo mundo está falido, mas tem um joguinho organizado por Nathan Detroit em uma garagem na rua 52 onde o movimento é um pouco maior, e quem aparece por lá uma noite senão The Sky, embora ele aparente estar mais atrás de companhia que de jogo.

E, de fato, ele fica observando o jogo e conversando com uns sujeitos que também estão só olhando, e esses caras foram gente importante durante a corrida do ouro, apesar de a maioria hoje estar lisinha da silva. Um desses indivíduos se chama Brandy Bottle Bates e é conhecido de costa a costa como um grande jogador, quando tem com o que jogar, e é chamado Brandy Bottle Bates porque dizem que no passado estava sempre junto de uma garrafa de brandy.

O tal Brandy Bottle Bates é um cara grande, narigudo, tem a cabeça em forma de pera e é considerado um sujeito imoral, ruim mesmo, mas é muito bom jogador e sabe apostar quando tem dinheiro.

— O IDÍLIO DA SRTA. SARAH BROWN —

The Sky pergunta a Brandy Bottle por que ele não está jogando e Brandy Bottle ri e diz assim:

"Porque, pra começo de conversa, não tenho dinheiro e, em segundo lugar, duvido que adiantasse alguma coisa, mesmo que eu tivesse dinheiro, pela maré que tenho enfrentado este ano. Não consigo ganhar uma aposta nem pra salvar minha alma."

A resposta parece dar uma ideia a The Sky, ele passa a olhar para Brandy Bottle de um jeito estranho, e, enquanto ele está olhando, Big Nig pega os dados e joga três vezes seguidas, bing, bing, bing. A última jogada é um seis e Brandy Bottle Bates diz assim:

"Vejam só a minha sorte. O Big Nig está impossível hoje, e eu aqui sem um mísero dólar pra apostar nele, principalmente agora que ele precisa de um seis. Nig pode lançar um seis a noite inteira quando está embalado assim. Se ele não tirar um seis agora, do jeito que está jogando, eu desisto de jogar dados pra sempre."

"Bom, Brandy", diz The Sky, "vou lhe fazer uma proposição. Aposto mil dólares que Big Nig não vai tirar o seis. E aposto esses mil dólares contra sua alma, só isso. Se Big Nig não lançar um seis, você para de jogar e se junta à missão da srta. Sarah Brown por seis meses."

"Apostado!", diz Brandy Bottle Bates no ato, aceitando a proposição, embora seja grande a chance de ele não ter entendido a proposição. Brandy só consegue alcançar que The Sky quer apostar que Big Nig não consegue tirar um seis, e Brandy Bottle Bates está disposto a apostar sua alma, mais de uma vez, que Big Nig vai, sim, lançar um seis, e ainda acha que está se dando bem, porque confia muito em Nig.

Bom, é claro que Big Nig tira o seis, e The Sky escorrega pra Brandy Bottle Bates os mil dólares, embora todos no recinto digam que The Sky inflacionou demais o preço da alma de Brandy Bottle. Ademais, a turma ali acha que The Sky só queria mesmo dar uma chance para Brandy voltar a jogar, ninguém acredita que The Sky falava sério em ganhar a alma de Brandy Bottle Bates, principalmente porque The Sky não parece querer insistir no assunto depois de pagar o que perdeu.

Ele fica ali parado, com o olhar perdido, e parece deprimido por Brandy Bottle agora poder voltar a jogar por conta própria com aqueles mil dólares, atiçando os outros caras na mesa com dinheiro vivo. Mas Brandy Bottle Bates também entende muito bem o que se passa na cabeça de The Sky, pois Brandy Bottle é um sujeito dos mais astutos.

Então chega a vez de Brandy Bottle jogar os dados, ele joga duas vezes e tira um quatro, e todos sabem que tirar um quatro não é fácil. E então ele se vira para The Sky e diz assim:

"Bom, Sky, agora eu aposto com você. Sei que não quer minha gaita, só quer minha alma por causa da srta. Sarah Brown, e, sem querer tomar liberdades, sei por que está fazendo isso por ela. Também já fui jovem", completa Brandy Bottle, "e você sabe que, se eu perder, estarei na rua 48 em menos de uma hora, batendo na porta, porque sempre honro minhas apostas. Mas agora estou com dinheiro, Sky, e meu preço subiu. Quer apostar 10 mil contra minha alma que não consigo tirar quatro de novo?".

"Fechado!", responde The Sky, e na sequência Brandy Bottle lança um quatro.

Bom, quando começa a correr a história de que The Sky está no salão de dados de Nathan Detroit tentando ganhar a alma de Brandy Bottle Bates para a srta. Sarah Brown, o pessoal enlouquece. Alguém liga para o Mindy's, onde a turma está sentada papeando, e dizendo quanto seriam capazes de apostar em favor dos respectivos argumentos, caso tivessem dinheiro, e na correria pra sair de lá o próprio Mindy quase morre pisoteado.

Um dos primeiros sujeitos a sair do Mindy's e chegar ao jogo de dados é Regret, o fã de turfe, e quando ele entra Brandy Bottle está tentando tirar um nove, pois The Sky apostou 12 mil dólares que ele não lança um nove, e parece que a alma de Brandy Bottle está cada vez mais cara.

Bom, Regret quer apostar sua alma contra mil dólares que Brandy Bottle consegue tirar o nove, e fica muito ofendido quando The Sky diz que não paga mais do que 20 dólares; por fim, Regret aceita o valor, e Brandy Bottle acerta de novo.

De repente, a turma toda começa a pedir pra fazer uma fezinha com The Sky, e se tem uma coisa que The Sky não nega é uma fezinha, e por isso concorda em aceitar apostas com base no que ele acha que a alma daqueles sujeitos vale. O problema é que a essas alturas The Sky está sem dinheiro, já perdeu 35 mil, e então propõe emitir vales.

— O IDÍLIO DA SRTA. SARAH BROWN —

Brandy Bottle diz que não se incomodaria, em uma situação normal, de estender essa facilidade a The Sky, só que não está disposto a aceitar vales pela sua alma, e então The Sky precisa sair e ir até o hotel, a duas ou três quadras de distância, e pedir que o guarda da noite abra o cofre para ele pegar o resto do dinheiro. Nesse meio-tempo, o jogo de dados segue em frente no salão de Nathan Detroit com participantes menos proeminentes, enquanto a turma comenta que já se ouviu falar de proposições malucas antes, mas nunca uma tão maluca como essa, embora Big Nig diga que já ouviu uma pior, mas não se lembra dos detalhes no momento.

Big Nig alega que todo jogador é maluco mesmo, se não for maluco, não é jogador, e está no meio desse argumento quando The Sky chega com mais dinheiro, e Brandy Bottle Bates retoma as apostas, embora diga que espera que as coisas piorem agora, porque os dados tiveram oportunidade de esfriar.

Bom, o resultado final da coisa toda é que Brandy Bottle acerta treze jogadas seguidas, e na última lança um dez, que paga 20 mil dólares pela sua alma, enquanto outros dez caras ganham entre 100 e 500 dólares apostando contra as respectivas almas – e ainda reclamam do valor.

E quando Brandy Bottle tira o dez, olho para The Sky e vejo que ele encara Brandy Bottle com uma expressão muito diferente, e, em seguida, vejo a mão direita de The Sky percorrendo o bolso interno do seu casaco, onde sei que ele sempre carrega um revólver, e então concluo que tem coisa errada ali.

Mas antes de eu descobrir o que é, ouço uma confusão na entrada, uma grande gritaria, e a voz de uma pequena. De repente, entra no salão ninguém menos que a srta. Sarah Brown. E dá pra perceber que ela está furiosa com alguma coisa.

Ela caminha determinada até a mesa de dados onde estão Brandy Bottle, The Sky e o resto da turma, e todos lamentam por Dobber, o porteiro, só de imaginar o que Nathan Detroit dirá a ele por deixar a garota entrar. Os dados ainda estão na mesa, congelados na última jogada de Brandy Bottle Bates, aquela que limpou The Sky e deu a vários sujeitos ali os primeiros trocados em meses.

A srta. Sarah Brown olha para The Sky, e The Sky olha para a srta. Sarah Brown, e a srta. Sarah

Brown olha para os caras em volta da mesa, e estão todos estupefatos, ninguém parece capaz de pensar em alguma coisa pra dizer, até que The Sky finalmente abre a boca:

"Boa noite", ele diz. "É uma noite agradável mesmo, e estou aqui tentando ganhar algumas almas para a senhorita, mas acho que estou sem sorte hoje."

"Bem", diz a srta. Sarah Brown, olhando para The Sky com aqueles olhos cem por cento, "o senhor está exigindo muito de si mesmo. Posso conquistar eu mesma as almas de que preciso. O senhor devia era pensar em sua alma. A propósito, está arriscando sua própria alma, ou só o seu dinheiro?".

É claro que, até aquele momento, The Sky está arriscando apenas sua gaita, então ele só balança a cabeça em resposta à srta. Sarah Brown e parece ficar desconcertado.

"Conheço alguma coisa de jogos de azar", diz a srta. Sarah Brown, "principalmente sobre jogo de dados. E sei disso porque o jogo arruinou o coitado do meu pai e o meu irmão Joe. Se quer apostar almas, sr. The Sky, aposte a sua própria".

E então a srta. Sarah Brown abre uma pequena bolsa preta de couro e retira uma nota de 2 dólares, e é uma nota de 2 dólares que parece ter circulado muito já. Ela segura a nota e diz assim:

"Quero apostar com o senhor. E quero apostar nos mesmos termos em que apostou com essas pessoas aqui. Dois dólares contra sua alma, sr. Sky. É tudo que eu tenho, mas é mais do que vale sua alma."

Qualquer um pode ver que a srta. Sarah Brown está fazendo isso porque está muito irritada, e quer diminuir The Sky na frente de todos, mas na mesma hora a mão de The Sky sai do bolso do casaco, e ele pega os dados e os dá para a garota, dizendo: "Pode jogar".

A srta. Sarah Brown pega os dados da mão dele e os lança na mesa, de modo que todos percebem que ela não é uma profissional, não é nem mesmo uma amadora, pois todo jogador de dados amador sopra os dados antes de lançar, e joga com força, e conversa com os dados, coisas do tipo "Vamos lá!".

Na verdade, o pessoal critica a srta. Sarah Brown pela pressa em lançar, muitos ali estão ansiosos pra que ela ganhe, enquanto outros querem muito que ela perca, mas ela não dá a ninguém a chance de torcer.

Scranton Slim é o sujeito que toma conta da mesa. Ele acompanha os dados quando eles rebatem na lateral da mesa e grita "Vencedor, vencedor, vencedor!" do jeito que esses crupiês adoram fazer, e o que os dados mostram, pra todos verem, é um seis e um cinco, o que perfaz onze, e significa que a alma de The Sky agora pertence à srta. Sarah Brown.

Ela se vira na mesma hora e abre caminho entre o pessoal em volta da mesa sem nem mesmo recolher os 2 dólares que deixou ali ao pegar os dados. Mais tarde, um sujeito dos mais desagradáveis, chamado Red Nose Regan, tenta ficar com os 2 dólares alegando que a nota não tem dono, mas leva um sabão de Nathan Detroit, que fica fulo da vida com essa atitude e diz que Red Nose está manchando a reputação do lugar.

The Sky então segue a srta. Sarah Brown rumo à saída. Dobber, o porteiro, me conta depois que, enquanto os dois esperam que ele destrave a porta, a srta. Sarah Brown se vira para The Sky e diz assim:

"O senhor é um tolo mesmo."

Ao ouvir isso, Dobber calcula que The Sky vai sacar o revólver, afinal é um insulto e tanto, mas em vez disso The Sky apenas sorri para a srta. Sarah Brown e fala:

"Bem, Paulo diz 'se um homem dentre os homens se tem por sábio, faça-se tolo para que seja sábio'. Eu a amo, srta. Sarah Brown", completa The Sky.

Dobber tem uma memória muito boa e conta que a srta. Sarah Brown então disse a The Sky que, conhecendo tanto da Bíblia, talvez ele se lembrasse do segundo versículo do Cântico dos Cânticos, mas é provável que Dobber tenha confundido o número do versículo, porque fui conferir em uma daquelas bíblias de hotel e o versículo parece pesado demais para a srta. Sarah Brown, embora, claro, tudo seja possível.

Bom, era isso, a história termina aqui, faltou só contar que Brandy Bottle Bates escapou no meio da confusão de forma tão sorrateira que Dobber nem lembra de vê-lo sair, e ele levou boa parte da gaita de The Sky, mas logo se deu mal e perdeu tudo numa jogatina em Chicago. A última notícia que se tem dele é que se tornou religioso e está

— O IDÍLIO DA SRTA. SARAH BROWN —

pregando em San Jose, o que leva The Sky a alegar que, no fim das contas, ganhou a alma dele.

Noite dessas encontrei com The Sky na esquina da 49 com a Broadway, ele estava acompanhando por um grande grupo de missionários, incluindo a sra. Sky, e parece que o negócio de salvação de almas está indo muito bem. The Sky batia no bumbo com tamanha desenvoltura e força que mal se ouvia a bandinha na espelunca de chop suey. Ademais, The Sky grita entre uma pancada e outra, nunca vi um sujeito tão feliz, principalmente quando a sra. Sky sorri pra ele com aqueles olhos cem por cento. Mas não fico muito por ali porque, quando The Sky me vê, começa a gritar assim:

"Vejo entre nós um pecador dos piores. Arrependa-se, pecador, antes que seja tarde demais. Junte--se a nós, pecador, deixe-nos salvar sua alma."

Claro que essa piada sobre eu ser um pecador me incomoda, aquilo não é verdade, e The Sky deu sorte de eu não ser um tira, ou iria até a sra. Sky, que sempre se vangloria de ter conquistado a alma de The Sky vencendo-o no campo dele, e contaria a verdade.

E a verdade é que aqueles dados que ela lançou pra ganhar a alma de The Sky, os mesmos que Brandy Bottle Bates usou pra faturar todo aquele dinheiro, eram totalmente viciados, e ela chegou no salão de Nathan Detroit bem a tempo de impedir que The Sky apagasse Brandy Bottle.

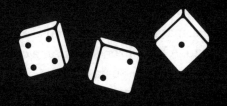

O QUÊ?! NÃO TEM MORDOMO?

Olhando para Ambrose Hammer, o jornalista, ninguém diria que se trata de uma pessoa com alguma inteligência, mas na verdade Ambrose é um sujeito bem esperto. A bem dizer, sabe usar a cachola, e o jeito como descubro isso dá um livro.

Tudo começa às sete da manhã de um dia de maio, quando me encontro plantado na esquina da 53 com a Broadway e Ambrose chega com o pescoço todo enrolado, como se tivesse a garganta inflamada, e me cumprimenta com a voz rouca.

Ficamos ali em pé, falando do lindo nascer do sol e de uma coisinha ou outra, e de como gostaríamos de ter empregos em que pudéssemos aproveitar mais a luz do dia, embora pra começo de conversa eu nem trabalhar trabalho, e se tem uma coisa que odeio com força é a luz do dia, e é provável que Ambrose também pense assim.

De fato, em todos esses anos em que nos conhecemos, não vi Ambrose durante o dia mais do que duas ou três vezes, com ambos já a caminho de casa quando por acaso topamos um com o outro, como nessa manhã que estou descrevendo. E é sempre a mesma conversa, Ambrose reclama da vida dura que leva e dos nervos, sempre em frangalhos, embora eu saiba que a única vez que os nervos de Ambrose realmente o incomodaram foi em uma visita à Flórida, em férias, quando ele teve um colapso por causa da calmaria toda que é aquele lugar.

Ambrose Hammer é um cara baixinho e gordinho, de olhos grandes, saltados, e expressão inocente, e é essa expressão inocente que faz a turma pensar que Ambrose é meio tapado, porque não é possível um sujeito circular pela Broadway há tanto tempo quanto Ambrose e ainda ter esse ar inocente, a menos que seja uma besta mesmo.

Ele é o que se chama profissionalmente de crítico de teatro; seu trabalho é escrever no jornal sobre as peças que alguém sempre está produzindo na Broadway, e suas resenhas são interessantes porque Ambrose adora soltar farpas pra cima de atores que não interpretam do jeito que ele gosta, e como seria preciso juntar Katherine Cornell, Jimmy Durante e Lillian Gish para realmente agradá-lo, o que o crítico mais faz na vida é soltar farpas.

Enquanto estamos ali na esquina falando bem do sol, quem também chega é um tira à paisana de nome Marty Kerle, que para e nos dá um animado bom-dia. Pessoalmente, não gosto de tiras, mesmo à paisana, mas procuro ser cordial com eles sempre, então devolvo o bom-dia, igualmente animado, e pergunto o que Marty está fazendo por ali a essa hora, e ele responde assim:

"É que uma pequena se dizendo a governanta do sr. Justin Veezee ligou pro distrito contando que encontrou o sr. Veezee caído e com cara de quem está mortinho da silva; a casa é na 56 Oeste e estou indo pra lá investigar esse boato. Quem sabe", continua Marty, "vocês gostariam de me acompanhar".

"O sr. Justin Veezee?", pergunta Ambrose Hammer. "Minha nossa, não pode ser verdade, sei que ele estava no Club Soudan até agora há pouco assistindo a acrobacias e outros truques da dança-rina árabe, embora eu pessoalmente ache que ela é tão árabe quanto a srta. Ethel Barrymore."

Mas é claro que, se o sr. Justin está mesmo mor-to, seria um bom furo para Ambrose Hammer man-dar para o jornal, então ele logo avisa Marty que seria um prazer acompanhá-lo, e eu decido ir tam-bém, sou mais olhar um morto do que esses sujei-tos correndo pra trabalhar a essa hora da manhã.

Além do mais eu torço muito, por dentro, para que a governanta não tenha se equivocado, não consigo pensar em nada mais interessante do que ver o sr. Justin Veezee morto, melhor que isso só se fossem dois ou três srs. Justin Veezees mortos, porque acho o sujeito desprezível.

Pra falar a verdade, todo mundo nesta cidade acha o sr. Justin Veezee um sujeito desprezível, porque há anos ele anda pela Broadway, pra cima e pra baixo, de ponta a ponta e também do avesso, sempre atrás de jovens pequenas para trabalhar em nightclubs e shows, principalmente jovens que não têm cabeça pra perceber que o sr. Justin Veezee é um sujeito desprezível. E, claro, sempre existe uma safra nova dessas pequenas chegando na Broadway todo ano; acho até que estamos num ponto em que são várias safras por ano.

Mas, embora seja sabido por todos que o sr. Justin Veezee é um sujeito desprezível, ninguém ousa falar desse assunto em voz alta porque o sr. Justin Veezee tem muita gaita, que herdou do papai, e é considerado desrespeito na Broadway chamar um cara com muita gaita de desprezível, mesmo que ele seja muito econômico com esse tutu, e o sr. Justin Veezee é muito, muito, mas muito econômico mesmo.

A casa na rua 56 Oeste onde o sr. Justin Veezee mora fica entre a Quinta e a Sexta Avenida, e um dia serviu de lar para toda a família Veezee, quando os Veezee existiam aos montes, mas aparentemente foram morrendo, um por um, exceto pelo sr. Justin Veezee, e ele acabou transformando a casa num prédio de apartamentos.

É um edifício muito bonito, com quatro ou cinco andares e apartamentos em todos os pisos. O apartamento do sr. Justin Veezee fica no primeiro andar, no nível da rua, e ocupa todo o piso, embora isso não signifique uma grande área útil porque o edifício é muito estreito.

É um desses prédios em que você aperta um botão na porta da frente, no nível da rua, e assim dispara uma campainha no apartamento que procura, e aí alguém no apartamento aperta outro botão, lá em cima, destravando a porta da frente e permitindo que você entre e suba as escadas; não tem elevador nem porteiro.

Bom, é no cômodo da frente do apartamento do sr. Justin Veezee que encontramos o próprio. Está sentado, reto, em uma grande poltrona ao lado de uma mesinha onde se vê uma pilha dessas fotos que as pessoas chamam de gravuras. Veste roupas formais e seus olhos estão saltados, como se estivesse surpreso com alguma coisa, e provavelmente está mesmo.

Não resta dúvida de que o sr. Justin Veezee está muito morto, e Marty Kerle diz que não devemos encostar em nada até o perito dar uma espiada, mas quando ele diz isso Ambrose Hammer já está analisando as gravuras com grande interesse, Ambrose é aquele tipo de sujeito que aprecia obras de arte.

A governanta que ligou para o distrito está no local quando chegamos, mas não passa de uma dona já entrada em anos, que atende pelo nome de sra. Swanson, que não mora no apartamento do sr. Justin Veezee, mas chega cedinho todos os dias pra pôr ordem na casa. Ela conta que encontrou o sr. Justin Veezee do jeitinho que ele está agora quando chegou de manhã, embora ele normalmente esteja no sétimo sono nesse horário.

Pensando que o patrão talvez tivesse caído no sono na poltrona, ela tenta acordá-lo, mas, como o sr. Justin Veezee não abre a matraca pra dizer nada, ela conclui que ele deve estar morto e então liga pros tiras.

"Bem", digo a Ambrose Hammer, "esta é sem dúvida uma cena tenebrosa. O sr. Justin Veezee inclusive parece pior morto do que vivo, o que eu sempre tive como uma impossibilidade. É provável que tenha morrido de velho. Deve ter o quê, 50 anos?".

"Não", rebate Ambrose, "não morreu de velho. Na minha opinião, é um caso de homicídio. Alguém entrou aqui e apagou o sr. Justin Veezee, e digo que se trata de um golpe baixo porque nem deram ao sr. Veezee a chance de tirar o paletó e vestir algo mais confortável", completa.

E então Ambrose diz que vai olhar pela casa pra ver se acha alguma pista, e, enquanto ele xereta o lugar de cima a baixo, chega o perito do instituto médico legal e dá uma conferida no sr. Justin Veezee. Ele declara no ato que o sr. Veezee está inequivocamente morto, embora ninguém esteja contra-argumentando esse particular, e logo explica o que matou o sr. Veezee: pescoço quebrado.

Imediatamente o tal pescoço quebrado se transforma num tremendo mistério, porque não faz sentido um sujeito quebrar o próprio pescoço estando sentado, a menos que esteja, quem sabe, treinando contorcionismo, e ninguém diria que é possível o sr. Justin Veezee estar treinando contorcionismo com essa idade.

O tal do perito também encontra algumas marcas no pescoço do sr. Justin Veezee, o que mostra, segundo ele, que alguém agarrou o sr. Justin Veezee pelo gogó e destroncou-lhe o pescoço como se o homem fosse um ganso, e acrescenta que deve ter sido alguém com mãos enormes pra conseguir aprontar essa com o sr. Justin Veezee.

Ambrose Hammer parece empolgado com a situação toda, embora pessoalmente eu não veja o que ele tem a ganhar ali. Na minha opinião, o sr. Justin Veezee já não valia muita coisa quando vivo e saudável, e sua morte não muda em nada esse palpite, não pra mim, porque eu sei, pelo que vejo e ouço do sr. Justin Veezee, que ele é um sujeito desprezível, pra lá de desprezível.

Ambrose me diz que vai resolver esse mistério para o bem da justiça, e eu respondo que o único modo de resolver um assassinato misterioso é suspeitar de todo mundo na cidade, começando pela velhota que encontrou o corpo do sr. Justin Veezee e chegando até os tiras que investigam o caso.

"Mas", digo a Ambrose Hammer, "você não coloca a culpa pelo ato ilegal em nenhuma dessas partes, mas no mordomo, porque é assim que fazem em todos os filmes e peças sobre assassinatos misteriosos que vejo, e também em todos os romances que leio desse gênero".

Bem, nessa hora, Marty Kerle, o tira à paisana, afirma que o único problema com minha ideia é que não existe nenhum mordomo sequer remotamente ligado aos negócios do sr. Justin Veezee, e, quando digo a Ambrose que podíamos talvez contratar um mordomo pra passar por assassino, Ambrose fica furioso e me diz assim:

— O QUÊ?! NÃO TEM MORDOMO? —

"Este assassinato não é obra de mordomo nenhum; além disso, não acho seus comentários de bom gosto, mesmo que seja só uma piada. Estou convencido de que este crime é de autoria de alguma pequena, por causa das provas que encontrei quando vasculhei o local."

Só que Ambrose não me conta que provas são essas, e pessoalmente eu nem quero saber, porque, na minha opinião, se foi mesmo uma pequena que apagou o sr. Justin Veezee, trata-se apenas de retribuição pelo que o sr. Justin Veezee fez com outras pequenas enquanto estava vivo.

Bom, a execução do sr. Justin Veezee causa grande comoção, e os jornais exploram o crime ao máximo porque há tempos a cidade não vê um mistério assim. Ademais, todo mundo que trocou pelo menos um bom-dia com o sr. Justin Veezee nos últimos vinte anos se arrepende disso quando os diários começam a estampar nomes e fotos, principalmente as pequenas que um dia tiveram algum negócio com o sr. Justin Veezee, pois é claro que escribas e tiras estão interrogando todas elas, querendo saber onde estavam a tal hora de tal dia, e é impressionante como poucos rapazes e pequenas, mas principalmente pequenas, conseguem se lembrar desse tipo de informação.

De fato, a execução do sr. Justin Veezee logo se torna um dos assuntos mais constrangedores a surgir a leste do Mississippi, e tem gente pensando em quebrar o pescoço de algum outro sujeito só pra desviar a atenção de jornalistas e tiras do sr. Justin Veezee.

Tudo que se descobre é que a última pessoa a ver o sr. Justin Veezee vivo na manhã em que foi despachado é uma pequena ruiva do Club Soudan, de nome Sorrel-top, e que está longe de ser desajeitada, pra quem gosta de ruivas. A tal Sorrel-top cuida da chapelaria, lugar em que todo mundo deve deixar chapéu e casaco quando entra no Club Soudan, e um trocado de gorjeta pra Sorrel-top na hora da saída.

E parece que Sorrel-top sempre se lembra de quando o sr. Justin Veezee deixa o Club Soudan porque ele nunca escorrega mais do que uma moedinha no balcão quando pega o chapéu e, naturalmente, Sorrel-top vai se lembrar de um tipo desses, ainda mais porque ele deve ser o único sujeito em todos os Estados Unidos da América que ousa tratar Sorrel-top assim.

— O QUÉ?! NÃO TEM MORDOMO? —

Então ela lembra que o sr. Justin Veezee deixou o Club Soudan naquele dia às três da matina e provavelmente foi embora andando, pois nenhum dos taxistas que fazem ponto na frente do Club Soudan o viu e, além disso, a casa do sr. Justin Veezee fica a poucos quarteirões dali, e é uma barbada dizer que ele nunca iria gastar numa corrida de táxi tão curta.

E agora descobrem que só existem duas entradas para o apartamento do sr. Justin Veezee, uma pela porta da frente e a outra pelos fundos, mas a porta dos fundos está trancada por dentro no momento em que o corpo é encontrado, enquanto a da frente tem apenas uma fechadura, e a sra. Swanson, a velhota que cuida da limpeza para o sr. Justin Veezee, afirma que ela e o sr. Justin Veezee têm as duas únicas chaves que existem neste mundo, pelo menos que ela saiba, embora naturalmente os outros moradores também tenham a chave da porta da rua, assim como a própria velhota.

Ademais, as janelas do apartamento do sr. Justin Veezee estão todas trancadas por dentro e, exceto pelo sr. Justin Veezee e pela velhota, não parece haver como alguém entrar na propriedade, e os tiras já começam a olhar torto pra velhota até que ela desencava um leiteiro chamado Schmalz, que a viu entrando no prédio às seis e meia da manhã e, depois de alguns minutos, sair correndo de lá, em lágrimas e gritando socorro, assassino, polícia, e o perito então diz que não existe a menor chance de ela ter quebrado o pescoço do sr. Justin Veezee nesse espaço de tempo, a menos que seja um fenômeno de agilidade nunca antes visto na história da polícia.

De toda forma, ninguém consegue imaginar um motivo pra velhota esganar o sr. Justin Veezee, embora alguns repórteres tentem espalhar a história de que ela teria sido a preferida do sr. Justin Veezee no passado, e ele teria agido mal com ela. Pessoalmente, considero essa possibilidade bem razoável, porque se um dia a velhota foi mesmo a namoradinha do sr. Justin Veezee, ele muito provavelmente agiu mal com ela. Mas a velhota parece tão deprimida por ter perdido um cliente de faxina que, por fim, ninguém mais lhe dá atenção e todos passam a procurar quem possa ter um motivo pra despachar o sr. Justin Veezee.

Bom, no fim das contas, são muitas as partes interessadas, incluindo homens e mulheres, e nesta região do país, em despachar o sr. Justin Veezee, mas todos conseguem provar que estavam em outro lugar no momento dos fatos, e com isso o mistério vai ficando cada vez mais misterioso, principalmente porque os tiras dizem que roubo não foi o motivo, de jeito nenhum, porque o sr. Justin Veezee foi encontrado com todas as joias intactas e o bolso cheio da nota, e nada parece ter sido tocado no apartamento.

Ademais, não há impressões digitais em parte alguma, à exceção de umas poucas marcas que se revelam pertencer a Ambrose Hammer, o que obriga Ambrose a explicar, não sem alguma dificuldade, que deixou essas impressões digitais depois que o sr. Justin Veezee foi encontrado, e não antes. A maioria das digitais de Ambrose está nas gravuras, e pessoalmente estou feliz por não ter encostado em nada naquele cafofo, porque os tiras talvez não fossem tão pacientes pra ouvir minhas explicações como foram com Ambrose.

Fico vários dias sem ver Ambrose, aparentemente porque estamos em época de muitas estreias e Ambrose está ocupado crivando atores com suas farpas. Mas por fim ele me procura uma noite. Diz que, por estarmos juntos quando ele começou a investigar o mistério sobre quem despachou o sr. Justin Veezee, é justo que eu esteja presente quando ele revelar o responsável por aquele ato vil. A hora chegou, declara Ambrose, e, embora eu faça de tudo pra mostrar que ele não ganha nada atraindo os tiras para o caso, perco a disputa e acabo indo com ele.

E pra onde ele me leva? Club Soudan. Ainda é cedo e por isso são poucos os fregueses na bodega quando chegamos; o Club Soudan só esquenta pra valer perto da meia-noite. Ademais, concluo que os presentes são gente de fora, pois estão se fartando de comida, e ninguém que não seja de fora pensaria em se fartar de comida no Club Soudan, embora a bebida lá não seja ruim.

Bom, e aí Ambrose e eu começamos a conversar com um sujeito de nome Flat-wheel Walter, dono de uma pequena participação no boteco e que tem esse apelido porque dá uma manquitolada quando anda, como se tivesse um pneu murcho. Ambrose pergunta da tal dançarina acrobática árabe, e Flat-wheel responde que ela está no camarim se arrumando para o número de dança. Então acompanho Ambrose por um lance de escadas e chegamos a um quartinho, enfileirado a vários outros quartinhos num corredor, e logo estou diante da dançarina acrobática árabe, que naquele momento se arruma pra dançar.

E ela se arruma de um jeito diferente, tirando a roupa, porque parece que dançarinas acrobáticas árabes não podem dançar vestindo nada, só alguns véus, e confesso certo constrangimento com aquele espetáculo, uma pequena tirando a roupa pra dançar, principalmente uma pequena árabe. Mas Ambrose Hammer não se abala, está calejado, tem experiência com palcos modernos e, de toda forma, a moça árabe consegue se cobrir de véus antes de eu ter, de fato, motivos para me queixar. E devo dizer que fico muito surpreso quando ela abre a boca e diz assim, em ótimo inglês, com sotaque do Brooklyn até:

"Oh, Ambrose, que bom ver você de novo."

E faz um gesto de que vai abraçar Ambrose Hammer, mas aí ela se lembra no último instante de que, se esticar os braços, vai soltar os véus, e, de toda forma, Ambrose dá um passo pra trás e a encara com uma expressão muito estranha.

Bom, preciso admitir uma coisa sobre Ambrose Hammer: ele é sempre muito cavalheiro, logo me apresenta para a dançarina acrobática árabe e reparo que se refere a ela como srta. Cleghorn, embora na minha cabeça os cartazes na entrada do Club Soudan anunciem Illah-Illah. Deve ser o prenome dela.

Então Ambrose dá uma encarada séria na srta. Cleghorn e diz assim:

"Fim de jogo. Se quiser confessar pra mim e meu colega aqui, muito bem; do contrário, vai ter de contar sua história pra polícia. Sei que você matou o sr. Justin Veezee", diz Ambrose, "e, ainda que tenha uma ótima desculpa, isso é contra a lei".

Ao ouvir isso, a srta. Cleghorn empalidece e começa a tremer, quase esquecendo de segurar os véus, e depois senta numa cadeira e respira ofegante, como se tivesse acabado de lutar dez assaltos. Naturalmente, estou um pouco surpreso com a afirmação de Ambrose; até ali eu não imaginaria a srta. Cleghorn fazendo mal a uma pulga, embora eu não ponha a mão no fogo por nenhuma pequena que eu não conheça pelo menos um tiquinho.

— O QUÊ?! NÃO TEM MORDOMO? —

"Sim", diz Ambrose em tom severo à srta. Cleghorn, "você marcou um encontro no apartamento do sr. Justin Veezee outro dia de manhã, depois do seu número de dança acrobática árabe aqui no clube, para ver a coleção de gravuras dele. Inacreditável ver você cair nessa história de gravuras, mas foi bom, isso me deu a primeira pista. Nenhum homem neste mundo desencava gravuras às quatro da madrugada pra ele mesmo ficar olhando", continua Ambrose. "É um dos truques mais velhos do mundo para atrair pequenas.

"Bom", segue Ambrose, "você dá uma olhada nas gravuras do sr. Justin Veezee. São horrorosas. De doer. Mas isso não importa aqui. Logo vocês dois estão engalfinhados, brigando. Você é muito forte, resultado da sua dança árabe acrobática. A bem dizer, você é fortíssima, mas muito forte mesmo. E, na briga, você quebra o pescoço do sr. Justin Veezee, que agora está extremamente morto. É tudo muito triste", conclui Ambrose.

Preciso confessar que a cena me deixa petrificado. Se eu soubesse o que Ambrose Hammer diz que sabe sobre a srta. Cleghorn, ficava de matraca fechada, principalmente porque não há recompensa por informações que levem à prisão de quem apagou o sr. Justin Veezee, mas Ambrose é, sem dúvida, um cidadão observador das leis e deve achar que está apenas cumprindo sua obrigação; além disso, pode acabar sobrando uma boa história para o jornal dele. Mas, quando ele acusa a srta. Cleghorn de ser culpada desse ato pouco digno de uma dama contra o sr. Justin Veezee, ela se levanta da cadeira, ainda segurando os véus, e diz assim:

"Não, Ambrose, você está errado. Não matei o sr. Justin Veezee. Admito a visita ao apartamento, mas não para ver gravuras. A ideia era comer alguma coisinha, o sr. Justin Veezee me jurou que a governanta estaria lá também, e só me dou conta de que fui enganada quando cheguei. O sr. Justin Veezee só desceu as gravuras bem depois, quando já não tinha nenhum truque na manga. Mas nem o sr. Justin Veezee é tão atrasado a ponto de achar que hoje em dia uma pequena iria à casa dele só pra olhar gravuras. Nós lutamos, sim, mas não o matei."

"Bom", continua Ambrose, "se você não acha que o sr. Justin Veezee está morto, também consegue dar a volta ao mundo com 1 dólar".

"Sei que ele está morto", rebate a moça. "Já estava morto quando saí de lá. Sinto muito por tudo isso, mas, repito, não o matei."

"Então", pergunta Ambrose, "quem matou o sr. Justin Veezee?".

"Isso eu nunca direi", encerra a srta. Cleghorn.

Bom, agora sim Ambrose Hammer fica furioso e diz à srta. Cleghorn que ou ela conta pra ele ou terá de contar aos tiras, e ela então abre o berreiro. Nesse momento, a porta do camarim abre de repente e adentra um sujeito grande, corpulento, de meia-idade, longe de estar bem-vestido, e que diz assim:

"Desculpem-me a intromissão, cavalheiros, mas estava esperando na sala ao lado e não pude deixar de ouvir a conversa. Eu estava esperando ao lado porque a srta. Cleghorn vai arrancar uns trocados dos patrões dela para eu dar o fora da cidade. Meu nome", ele continua, "é Riggsby, e fui eu quem matou o sr. Justin Veezee".

Naturalmente, Ambrose Hammer se surpreende com essa afirmação, e eu também, mas antes de dizermos qualquer coisa ele segue:

"Alugo um quarto na humilde residência da sra. Swanson, na Nona Avenida", revela. "Aprendi tudo sobre o sr. Justin Veezee com ela. Roubei as chaves da casa do sr. Justin Veezee, mandei fazer cópias e devolvi antes que a sra. Swanson desse falta. E me escondi lá no apartamento naquela manhã, esperando pra pegar o sr. Justin Veezee de surpresa.

"Ele entrou na sala sozinho, e eu estava pronto para aparecer e gritar mãos ao alto quando chega também a srta. Cleghorn, que eu ainda não sabia quem era, claro. Ouço a conversa toda e logo percebo que a moça foi atraída até lá por uma armação. Ela então diz que quer ir embora e o sr. Justin Veezee pula em cima dela. A moça é corajosa e encara a briga no braço, sou capaz de apostar uns trocados nela contra o sr. Justin Veezee ou qualquer outro sujeito. Mas aí ele pega uma estatueta de bronze e está prestes a descer o troço em cima dela quando decido me meter.

"Bem", ele continua, "talvez eu tenha usado mais força contra o sr. Justin Veezee do que eu pretendia, quando me dou conta já ergui o corpo dele no ombro e joguei do outro lado da sala. Fiquei preocupado com o resultado do tombo e me aproximei pra levantar o homem, aí vi que estava morto. Ajeitei o sujeito na poltrona, peguei uma toalha de banho e apaguei qualquer resquício de impressão digital. Depois acompanhei a srta. Cleghorn até em casa.

"Eu não queria matar o sr. Justin Veezee", diz. "Só queria roubar o cara, e agora lamento ele não estar mais entre nós porque não posso voltar lá e executar meu plano original. Mas também não posso deixar que entreguem a srta. Cleghorn pra polícia, e torço pra ela deixar de ser tonta e nunca mais visitar apartamentos de tipos como o sr. Justin Veezee."

"E você", pergunta Ambrose para a srta. Cleghorn, "por que foi até o apartamento afinal?".

Ao ouvir a pergunta, a srta. Cleghorn se põe a chorar mais ainda, e entre um soluço e outro diz assim:

"Ah, Ambrose, foi porque te amo. Você sumiu do clube, não veio mais me ver, aceitei o convite do sr. Justin Veezee na esperança de você ficar sabendo e sentir ciúmes."

Naturalmente, não há mais nada para Ambrose Hammer fazer a não ser tomá-la nos braços e sussurrar aquelas coisas que homens sussurram nessas situações, e aceno para o sujeito de meia-idade para sairmos do camarim, considero a cena sagrada demais para ser testemunhada por estranhos.

Mas na mesma hora a srta. Cleghorn é chamada lá embaixo para apresentar sua dança árabe acrobática para os frequentadores do Club Soudan, e ela nos deixa, e em nenhum instante, apesar da excitação toda, esquece de segurar os véus, embora eu fique observando para lembrá-la, caso sua memória falhe nesse particular.

E então pergunto a Ambrose Hammer algo que está me incomodando um bocado, sobre como ele desconfiou que justo a srta. Cleghorn sabia alguma coisa do assassinato, e como é que ele viu nas gravuras a dica de que uma pequena estava presente na cena do crime. E estou especialmente curioso pra saber como ele concluiu que existia uma chance, mínima que fosse, de a srta. Cleghorn apagar o sr. Justin Veezee, ainda por cima quebrando-lhe o pescoço.

"Olha", responde Ambrose Hammer, "conto com prazer, mas fica entre nós. A última vez que vi a srta. Cleghorn antes de hoje foi na noite em que a convidei ao meu apartamento para olhar umas gravuras, aliás muito melhores que as do sr. Justin

— O QUÊ?! NÃO TEM MORDOMO? —

Veezee. E talvez você ainda lembre que andei com o pescoço enrolado por uns dias..."

O sujeito de meia-idade está esperando do lado de fora do Club Soudan quando saímos, e Ambrose escorrega 50 pratas pra ele, instruindo-o para que suma de vista. Eu estendo a mão e desejo sorte ao sujeito, e quando ele se vira para ir embora ainda pergunto:

"A propósito, Riggsby, qual é a sua profissão, sem querer parecer intrometido?"

"Bom, até a Depressão bater forte", ele responde, "eu era um dos profissionais mais eficientes da cidade no meu ofício. Tenho até referências que provam isso. Sou considerado um mordomo de altíssima classe".

SENSO DE HUMOR

Uma noite estou na frente do restaurante Mindy's, na Broadway, pensando basicamente em porcaria nenhuma quando de repente sinto uma dor terrível no pé esquerdo. É uma dor tão terrível que me faz pular feito pererca, berrar desesperado e ainda caprichar nos palavrões, o que está longe de ser um hábito meu, mas logo reconheço que a dor é causada por um queima-pé, uma sensação que me é velha conhecida.

Ademais, sei que Joe the Joker deve estar na área porque ele é dono do senso de humor mais fino da cidade e está sempre dando um queima--pé em alguém, eu mesmo já caí nessa tantas vezes que perdi a conta. Dizem até que foi o próprio

Joe the Joker que inventou o queima-pé, ideia que depois alcançou grande popularidade em todo o país.

O queima-pé funciona assim: o engraçadinho vem por trás da vítima, que está em pé, meio de bobeira, e enfia um fósforo entre a sola e o bico do sapato, mais ou menos na altura do dedinho, e então tasca fogo. Aos poucos o pé começa a queimar e a pessoa normalmente sai pulando e gritando, o que é sempre muito cômico e garante boas risadas para o público em geral.

Ninguém neste mundo sabe dar um queima-pé tão bem quanto Joe the Joker; o sujeito precisa saber se aproximar sem alarde do infeliz que vai levar o trote, e o Joe chega tão de mansinho que tem gente na Broadway disposta a apostar uns trocados que ele consegue dar um queima-pé até em camundongo, caso encontre um camundongo calçando sapatos. Além disso, Joe the Joker sabe se cuidar muito bem no caso de seu alvo querer encrencar, o que às vezes acontece, principalmente com caras que usam sapatos sob medida, feitos a 40 dólares o par, e que não gostam nem um pouco de ver os pisantes pegando fogo.

— SENSO DE HUMOR —

Mas quando Joe the Joker está com vontade de distribuir queima-pés por aí nem liga pro tipo de sapato de suas vítimas e tampouco se importa com quem são essas pessoas, embora todos concordem que ele errou feio ao dar um queima-pé no Frankie Ferocious. A bem dizer, muita gente ficou horrorizada com isso, sabendo que coisa boa não viria desse ato.

O tal Frankie Ferocious vem do Brooklyn, onde é tido como um morador em ascensão em vários aspectos, e nem de longe um sujeito para se dar um queima-pé, principalmente porque Frankie Ferocious não tem o menor senso de humor. Na verdade, está sempre sério, nunca é visto sorrindo e com certeza não riu quando Joe the Joker lhe deu o queima-pé naquele dia na Broadway, enquanto Frankie Ferocious tratava de negócios com uns caras do Bronx.

Ele só olhou feio pro Joe e disse alguma coisa em italiano. Não entendo uma palavra de italiano, mas o que ele disse soou tão desagradável que eu juro que sumia da cidade em duas horas se ele dissesse aquilo pra mim.

Claro que o nome de Frankie não é Ferocious, é um nome italiano, algo como Feroccio, parece que ele veio da Sicília, mas já mora no Brooklyn há muitos anos, e que depois de um começo modesto nos negócios tornou-se um importante negociante de mercadorias de toda sorte, especialmente bebidas. É um sujeito grandão, de trinta e poucos anos, cabelo mais preto que o interior de uma chaminé, olhos escuros, sobrancelhas negras e um jeito lento de olhar pras pessoas.

Ninguém sabe muita coisa sobre Frankie Ferocious porque ele não é de falar muito e, quando fala, é sem a menor pressa, mas todos fazem questão de abrir espaço quando ele chega, dizem que Frankie não gosta de aperto. De minha parte, não tenho o menor apreço por Frankie Ferocious, aquele jeito lento de olhar pras pessoas me deixa nervoso, e lamento que Joe the Joker tenha dado um queima-pé no sujeito, acho que Frankie Ferocious vai encarar isso como o maior desrespeito do mundo e vai querer descontar em toda a população da ilha de Manhattan.

Mas Joe the Joker só dá risada quando alguém diz que ele passou dos limites ao dar um queima-pé em Frankie Ferocious, e responde que não tem culpa se o Frankie nasceu sem senso de humor.

— SENSO DE HUMOR —

Ademais, Joe diz que não só dará outro queima-pé no Frankie se tiver oportunidade, como daria queima-pés no príncipe de Gales e também no Mussolini, se flagrasse um deles no lugar certo, mas Regret, o conhecido rato de jóquei, diz que aposta vinte contra um que Joe não escapa impune de um queima-pé no Mussolini.

Bom, como desconfiei, lá está Joe the Joker olhando pra mim quando percebo o queima-pé, e está morrendo de rir, assim como vários outros cidadãos ao redor, porque Joe the Joker não vê graça nenhuma no queima-pé se não houver testemunhas pra se divertir com a piada.

Assim que vejo quem está por trás do queima-pé, naturalmente me junto à plateia e, dando risada, estendo a mão para cumprimentar o Joe, mas, quando dou a mão pra ele, a gargalhada aumenta, aparentemente o Joe engraxou a pata direita com o queijo mais fedido do mundo e o que acabo cumprimentando é aquela pasta malcheirosa. E é queijo do Mindy's, todo mundo sabe que o queijo do Mindy's é muito mole, além de barulhento.

Claro que também dou risada da situação, embora deva confessar que riria muito mais se Joe the

Joker caísse morto na minha frente, porque não gostei de ser feito de palhaço em plena Broadway. Mas meu riso fica ainda mais solto quando Joe pega o que sobrou do queijo e esfrega no volante dos carros estacionados na frente do Mindy's, e fico pensando no que os motoristas vão dizer quando manobrarem os carros.

E então começo a conversar com Joe the Joker e pergunto como vão as coisas no Harlem, onde Joe e seu irmão caçula, Freddy, e mais alguns rapazes controlam uma pequena operação de distribuição de cerveja, e Joe diz que as coisas estão indo até que bem, considerando as condições comerciais do momento. Daí pergunto como está Rosa, no caso, a querida mulher de Joe the Joker, além de minha amiga pessoal dos tempos em que era Rosa Midnight e cantava no velho Hot Box, antes de Joe tirá-la daquela vida e casar com ela.

Ao ouvir a pergunta, Joe the Joker começa a rir, logo vejo que eu disse alguma coisa que atiçou seu senso de humor, e fala assim:

"Você não está sabendo? Ela me deu o fora há uns dois meses por causa do meu amigão Frankie Ferocious e agora mora num apartamento no Brooklyn,

— SENSO DE HUMOR —

do lado da casa dele, mas", continua, "você entende que só estou contando tudo isso em resposta a sua pergunta, claro, não estou soltando os cachorros em cima da Rosa".

E aí ele manda um hahaha bem alto, e depois continua rindo forte, chego até a temer que ele machuque algum órgão interno. Pessoalmente, não vejo nada de cômico na amada esposa de um sujeito dar o fora nele por um tipo como Frankie Ferocious, então quando Joe the Joker se acalma um pouco pergunto o que tem de tão engraçado nessa história.

"É que morro de rir sempre que penso em como o carcamano vai se sentir quando descobrir que Rosa é uma dona caríssima. Não sei quantos esquemas Frankie Ferocious comanda lá no Brooklyn", diz Joe, "mas vai precisar arrombar a casa da moeda se quiser deixar a Rosa satisfeita".

E segue o riso, e eu acho maravilhoso que Joe consiga manter o senso de humor mesmo numa situação como essa, embora até o momento eu sempre tivesse achado que o Joe era maluco pela Rosa, uma pequena do tipo mignon, que deve pesar uns 50 quilos quando está de chapéu e é muito engraçadinha.

Agora, pelo que Joe the Joker me conta, Frankie Ferocious já conhecia Rosa antes de ela casar com Joe e já flertava com a moça quando ela cantava no Hot Box, e, mesmo depois que ela se tornou a querida esposa de Joe, Frankie continuou ligando pra ela de vez em quando, principalmente depois que passou a ser um cidadão em ascensão no Brooklyn, mas é claro que o Joe só fica sabendo dessas ligações depois. E justo quando Frankie Ferocious passou a ser um cidadão em ascensão no Brooklyn a maré começou a virar para Joe the Joker por causa da Depressão e tal e coisa, e ele precisou economizar com a Rosa, e se tem uma coisa que a Rosa não suporta é que economizem com ela.

E nesse ponto da história aconteceu de Joe the Joker dar o queima-pé no Frankie Ferocious, e todo o pessoal concordou na época que tinha sido um erro porque inclusive o Frankie começou a ligar mais, muito mais, pra Rosa, pra falar de como o Brooklyn é um lugar bacana de morar – o que é verdade –, e aí, entre um elogio ao Brooklyn e um tombo financeiro de Joe the Joker, Rosa juntou as coisas e pegou o trem para Borough Hall,

— SENSO DE HUMOR —

deixando pra trás um bilhete dizendo pro Joe que, se ele por acaso não tiver gostado da coisa toda, azar dele.

"Bem, Joe", eu digo depois de escutar o relato, "fico chateado de ouvir como essas pequenas dificuldades domésticas afetam meus amigos, mas talvez seja para melhor. E, se serve de consolo, lamento por você".

"Não lamente", rebate Joe. "Se quer lamentar por alguém, lamente por Frankie Ferocious. E se sobrar um pouco de piedade, guarde pra Rosa."

E então Joe desata a rir de novo, e começa a contar sobre uma traquitana que ele armou no Harlem, uma cadeira ligada a fios elétricos que ele usa para dar choques em incautos, o que soa muito engraçado pra mim, principalmente quando Joe lembra da noite em que capricharam demais na voltagem e quase mataram Commodore Jake.

Finalmente Joe diz que precisa voltar pro Harlem, mas antes vai até o telefone público na tabacaria da esquina e liga pro Mindy's fazendo voz de mulher, diz que se chama Peggy Joyce e encomenda cinquenta dúzias de sanduíches para serem entregues imediatamente num apartamento da 72 Oeste para uma festa de aniversário, embora, claro, o endereço não exista e ninguém pediria cinquenta dúzias de sanduíches mesmo que o endereço existisse.

Em seguida, Joe entra no carro e dá a partida, e, enquanto ele espera o semáforo da rua 50 abrir, vejo transeuntes dando pulos na calçada e olhando para os lados, enfurecidos, e já sei que Joe the Joker está alvejando todo mundo com bolinhas de metal disparadas por um elástico que Joe estica entre o polegar e o indicador.

Joe the Joker é um especialista nessa brincadeira e é muito engraçado ver o cidadão pular com os tiros, embora de vez em quando Joe também erre a mira e acabe arrebentando o olho de um ou outro. Mas é tudo em nome da diversão, o que é prova do maravilhoso senso de humor de Joe the Joker.

Passam-se alguns dias e leio no jornal que uns rapazes do Harlem, parceiros de Joe, são encontrados mortos dentro de sacos no Brooklyn, bem mortos mesmo, e os tiras dizem que é porque tentaram se envolver em negócios controlados por ninguém menos que Frankie Ferocious. Claro que os tiras não afirmam que Frankie Ferocious enfiou os sujeitos nos sacos, em primeiro lugar porque Frankie vai

— SENSO DE HUMOR —

denunciá-los na chefatura se disserem algo assim sobre ele e, em segundo lugar, enfiar o indivíduo num saco é coisa do pessoal de Saint Louis, e pra enfiar o cara num saco de modo adequado é preciso mandar trazer um especialista lá de Saint Louis.

Além disso, colocar o sujeito num saco não é tão fácil quanto parece, exige prática e experiência. Para fazer de modo adequado, primeiro é preciso pôr o cara pra dormir porque, é óbvio, ninguém vai entrar num saco por vontade própria, a menos que seja um grande otário. Há quem diga que a melhor maneira de botar um indivíduo pra dormir é misturar alguma coisa no drinque, mas os especialistas de verdade simplesmente dão uma cacetada bem dada na cabeça do infeliz, o que ainda por cima evita a despesa com o drinque.

Depois que o sujeito cai no sono, é preciso dobrar o corpo dele como se fosse um canivete, todo encolhido, e passar uma corda ou um arame pelo pescoço e em volta dos joelhos. Então o corpo é colocado no saco e largado num canto. Quando o cara finalmente acorda e percebe que está dentro de um saco, naturalmente quer sair logo dali e a primeira reação é tentar esticar os joelhos. Com isso, a corda em volta do pescoço é esticada com tanta força que o indivíduo logo fica sem ar.

E aí, quando alguém passa e abre o saco e encontra o cara morto, ninguém é responsável por essa triste situação porque, afinal de contas, o sujeito se suicidou; se não tivesse tentado esticar as pernas, viveria até uma idade provecta – caso se recuperasse bem da cacetada na cachola, claro.

Alguns dias depois, leio nos jornais que três moradores do Brooklyn foram despachados desta pra melhor enquanto caminhavam pacificamente pela Clinton Street, alvejados por tiros de metralhadora disparados de um carro em movimento. Os jornais dizem que os mortos eram amigos de Frankie Ferocious e boatos dão conta de que os sujeitos no carro eram do Harlem.

Concluo que tem arenga no Brooklyn, principalmente porque, passada uma semana da matança na Clinton Street, um outro morador do Harlem é encontrado dentro de um saco, feito um presunto defumado, perto do Prospect Park, e se trata de ninguém menos que o irmão de Joe the Joker, Freddy, e tenho certeza de que Joe vai ficar chateadíssimo com isso.

— SENSO DE HUMOR —

A coisa chega num ponto que ninguém no Brooklyn abre mais um saco de batatas sem antes chamar os tiras, com medo de que um par de sapatos 42 salte pra fora.

Então, certa noite, avisto Joe the Joker, que está sozinho, e devo dizer que estou mais que disposto a deixá-lo em paz porque algo me diz que ele está fervendo mais que chaleira. Mas ele me segura quando passo por ele e eu, óbvio, paro para conversar, e já vou logo dizendo que lamento pelo irmão dele.

"Bom", responde Joe the Joker, "o Freddy sempre foi meio bobo. A Rosa ligou pra ele e pediu que fosse até o Brooklyn encontrar com ela. Queria que Freddy me convencesse a aceitar o divórcio", segue Joe, "pra poder casar com Frankie Ferocious, acho eu. Aí o Freddy contou pro Commodore Jake por que ia encontrar com ela. O Freddy sempre gostou da Rosa e achou que talvez conseguisse consertar as coisas entre a gente. Mas acabou dentro de um saco. Foi pego assim que saiu do apartamento. Não acredito que a Rosa chamaria o Freddy lá se desconfiasse que ele seria ensacado", diz Joe, "mas ela é responsável, é uma pequena pé-frio".

E então ele começa a rir e, no início, fico horrorizado, achando que alguma coisa no ensacamento de Freddy desperta o senso de humor do sujeito, mas aí ele me diz assim: "Agora vou pregar a maior peça em Frankie Ferocious".

"Bom, Joe", eu digo, "você não me pediu conselho, mas vou dar assim mesmo, e de graça, dado, sem cobrar nada. Não pregue peças em Frankie Ferocious, ouvi dizer que ele tem tanto senso de humor quanto uma cabra. Frankie Ferocious não dá risada nem se você juntar Al Jolson, Eddie Cantor, Ed Wynn e Joe Cook pra contar piada ao mesmo tempo. Ele é o que chamam de público difícil".

"Ele deve ter um pouco de senso de humor em algum lugar pra agradar a Rosa", rebate Joe. "Sei que ele é louco por ela. Pelo que contam, ela é a única pessoa no mundo de quem ele gosta e em quem confia. Mas eu preciso pregar uma peça nele. Vou me entregar a Frankie Ferocious dentro de um saco."

Bom, aí quem riu fui eu, e Joe the Joker riu comigo. Pessoalmente, acho graça da simples ideia de alguém se entregar a Frankie Ferocious dentro de um saco, principalmente Joe the Joker, mas não sei se Joe está mesmo falando sério.

— SENSO DE HUMOR —

"Escuta", diz Joe, por fim. "Um amigo meu de Saint Louis é quem está ensacando os caras pro Frankie Ferocious. O nome dele é Ropes McGonnigle. É um grande chapa meu e tem senso de humor de sobra, como eu. Ropes McGonnigle não teve nada a ver com o ensacamento do Freddy", segue Joe, "ficou indignado quando soube que Freddy era meu irmão e agora quer muito me ajudar a pregar uma peça no Frankie".

"E ontem mesmo", continua Joe, "Frankie Ferocious mandou chamar Ropes e disse que consideraria um favor especial se Ropes me entregasse a ele num saco. Acho que Frankie ouviu da Rosa, que ouviu do Freddy, minhas ideias sobre divórcio. Sou muito rígido em relação a esse assunto", completa Joe, "principalmente no caso da Rosa. Ela está muito enganada se acha que vou concordar com o divórcio e dar essa alegria aos pombinhos".

"Resumindo", completa Joe the Joker, "Ropes me contou tudo sobre a proposta do Frankie Ferocious, e eu mandei Ropes de volta pra dizer ao Frankie que estarei no Brooklyn amanhã à noite e, pra completar, Ropes disse pro Frankie Ferocious que vai me entregar num saco. E vai mesmo", finaliza Joe.

"Bem", eu respondo, "pessoalmente não vejo vantagem nenhuma em ser entregue a Frankie Ferocious num saco, pelo que leio nos jornais não existe futuro para quem chega nessas condições nas mãos dele. Agora, não entendi cadê a peça que você ia pregar no Frankie".

"Ora", responde Joe the Joker, "a peça é que não estarei dormindo dentro do saco, minhas mãos não estarão amarradas, mas empunhando um revólver cada uma; quando o saco for entregue ao Frankie, eu pulo pra fora já atirando. Dá pra imaginar o susto?"

Bom, imaginar eu consigo, sim. A bem dizer, quando penso na cara de espanto de Frankie Ferocious quando Joe the Joker sair do saco, eu sou obrigado a rir, e Joe ri junto comigo.

"É claro", continua Joe, "que Ropes McGonnigle estará lá pra atirar também, no caso de Frankie Ferocious estar acompanhado".

E então Joe the Joker segue seu caminho e me deixa ali, rindo e pensando em como Frankie Ferocious vai cair pra trás quando Joe sair do saco distribuindo azeitonas. Não vi mais o Joe depois disso, mas ouvi o restante da história de gente muito confiável.

— SENSO DE HUMOR —

No fim das contas, Ropes McGonnigle acabou não entregando o saco pessoalmente, mandou um portador à casa de Frankie Ferocious. Frankie anda recebendo muitos sacos ultimamente, parece que é uma espécie de paixão, ele quer porque quer verificar o conteúdo dos sacos antes de espalhá-los pela cidade, e Ropes McGonnigle naturalmente sabe dessa paixão de tanto ensacar gente pro Frankie.

Quando o portador faz a entrega na casa do Frankie, ele mesmo arrasta a encomenda até o porão e lá chegando já descarrega um revólver no saco, aparentemente Ropes McGonnigle deu a dica de que Joe the Joker planejava sair do saco atirando também. Dizem que nesse momento Frankie Ferocious faz uma cara muito estranha e começa a rir, e está dando aquela que é a sua primeira risada de que se tem notícia quando os tiras chegam e o prendem por assassinato. Parece que, quando Ropes McGonnigle soprou pro Frankie os planos de Joe the Joker, Frankie anunciou o que ele próprio pretendia fazer antes de abrir o saco. Claro que Ropes também contou pro Joe the Joker que Frankie planejava encher o saco de chumbo, e isso atiçou o senso de humor de Joe.

E assim, amarrado e amordaçado, mas inconfundível, o corpo dentro do saco entregue a Frankie Ferocious não era Joe the Joker, mas Rosa.

— SENSO DE HUMOR —

A CANÇÃO
DO COVEIRO

A história que vou contar aqui é sobre futebol, um passatempo muito saudável para os jovens, além de grande construtor de caráter, pelo que ouço dizer, mas, para falar de futebol, sou obrigado a apresentar umas figuras pra lá de desagradáveis, começando por um sujeito chamado Joey Perhaps, e tudo que posso dizer com certeza sobre Joey é que, bem, podem ficar com ele pra vocês.

Já lá se iam uns quatro anos que eu não via Joey quando bato os olhos nele no trem a caminho de Boston, Massachusetts, numa tarde de sexta-feira. Está sentado na minha frente no vagão-restaurante, onde degusto uma pequena porção de feijões cozidos e pão preto, e ele me olha uma vez, mas não me cumprimenta.

Não há dúvida de que Joey Perhaps é má companhia, porque a última notícia que tive foi que ele entregou para os tiras um cara chamado Jack Ortega, e o resultado de Joey Perhaps ter feito isso foi que o tal Jack Ortega acabou levado para a cidade de Ossining, Nova York, e colocado na cadeira elétrica, onde recebeu um choque muito, muito, muito forte nos fundilhos.

A arenga tem a ver com um empresário certinho da cidade de Rochester, Nova York. Parece que Joey Perhaps e Jack Ortega se juntaram pra arrancar uma gaita do sujeito, mas os detalhes da transação são sórdidos, além de desinteressantes, a não ser pelo fato de que Joey Perhaps fez um acordo de delação com a lei e contou que Jack Ortega foi quem disparou a bala que mandou o empresário certinho desta pra melhor. Em troca, Joey ganhou uma estada mais curta no xilindró.

Preciso admitir a favor do Joey Perhaps que ele é boa-pinta e está sempre bem-vestido, mas também é certo que é muito exigente com relação a roupas e é um cara muito jeitoso com as pequenas;

pra dizer a verdade, o pessoal na Broadway não ficou nem um pouco chateado quando o Joey foi mandado para uma penitenciária estadual, porque geralmente ficam preocupados com as pequenas quando ele está por perto.

Óbvio que estou me perguntando por que Joey Perhaps está neste trem para Boston, Massachusetts, e sei que ele está se perguntando o mesmo sobre mim, embora pessoalmente eu não faça segredo disso. Estou *en route* para Boston, Massachussetts, para assistir a um confronto de habilidade e técnica marcado para a noite desta sexta-feira mesmo entre, de um lado, Lefty Ledoux e, de outro, Pile Driver, ambos importantes pesos-médios.

Normalmente eu não iria sequer até a esquina assistir a um confronto de habilidade e técnica entre Lefty Ledoux e Pile Driver, ou entre quem quer que fosse, pra falar a verdade, a menos que estivessem usando soco-inglês e prometessem arrancar sangue um do outro, mas neste caso eu sou convidado de um sujeito chamado Meyer Marmalade e, na condição de convidado, vou a qualquer lugar assistir a qualquer coisa.

— A CANÇÃO DO COVEIRO —

Esse tal Meyer Marmalade é de fato um indivíduo superior. É chamado Meyer Marmalade porque ninguém consegue lembrar seu sobrenome, que é algo como Marmalodowski, e é conhecido por gostar de apostar em todos os esportes, beisebol, corridas de cavalo, hóquei no gelo e confrontos de habilidade e técnica, mas principalmente confrontos de habilidade e técnica.

Ele quer estar presente nesse confronto em Boston, Massachusetts, entre Lefty Ledoux e Pile Driver para poder apostar um bom dinheiro em Driver, pois tem informações confiáveis de que o agente de Driver, um cara chamado Koons, tem os dois juízes e mais o árbitro no bolso.

Se tem uma coisa que Meyer Marmalade adora de paixão é apostar num confronto de habilidade e técnica dessa natureza, e por isso desaba pra Boston, Massachusetts. Mas Meyer Marmalade é o tipo de cara que abomina viajar sozinho e então, quando ele se ofereceu pra bancar minhas despesas se eu lhe fizesse companhia, claro que aceitei com prazer, ainda mais porque não tenho nada de importante para cuidar no momento; a bem dizer, não tenho nada de importante pra cuidar há uns dez anos.

Aviso Meyer Marmalade de antemão que se ele planeja arrancar alguma coisa de alguém em Boston, Massachusetts, é melhor nem sair de casa, porque todo mundo sabe, e as estatísticas mostram, que a chance de arrancar alguma coisa de alguém em Boston, Massachusetts, é menor do que em qualquer outro lugar nos Estados Unidos, especialmente quando o assunto é um confronto de habilidade e técnica, mas Meyer Marmalade diz que essa é a primeira vez que ele coloca dois juízes e um árbitro contra as estatísticas e, por isso, está confiante.

Bom, passado um tempinho, saio do vagão-restaurante e volto para o meu assento em outro vagão, onde Meyer Marmalade está lendo uma revista de histórias de detetive, e comento que vi Joey Perhaps. Meyer Marmalade não parece muito interessado, mas diz assim:

"Joey Perhaps, é? Gente ruim. Muito ruim. Quero que se dane. Cruzei com o irmão do falecido Jack Ortega, o garoto Ollie, semana passada no Mindy's", continua o Meyer Marmalade, "e, quando começamos casualmente a falar de gente ruim, o nome de Joey Perhaps foi lembrado, claro. Ollie disse que sabia que Joey Perhaps estava pra sair da cana e que

— A CANÇÃO DO COVEIRO —

gostaria muito de encontrar com ele qualquer dia desses. Pessoalmente", completa Meyer Marmalade, "não quero ver Joey Perhaps nem que seja pra ganhar dinheiro".

E agora nosso vagão está lotado de rapazes e pequenas que estão a caminho de Boston, Massachusetts, para ver um importante jogo de futebol entre Harvard e Yale, em Cambridge, Massachusetts, no dia seguinte, e eu sei disso porque eles não falam de outra coisa.

Bom, aqui o futebol começa a entrar na história.

Um sujeito mais velho, que concluo ser de Harvard, pois fala de um jeito todo dele, chama tanta atenção de todos ali que só pode ser alguém importante, e o pessoal ainda ri sinceramente de seus comentários, mas eu ouço tudo cuidadosamente e não acho assim tão engraçado.

É um homem grandalhão, careca e de voz grossa, e dá pra perceber que está acostumado a ter autoridade de sobra. Me pergunto em voz alta quem pode ser aquele cara, e Meyer Marmalade diz assim:

"Ora, esse é ninguém menos que o sr. Phillips Randolph, fabricante de automóveis. É o sexto homem mais rico do país, ou talvez o sétimo. Enfim, está muito à vontade no topo da lista. Vi o nome dele escrito na bagagem, e depois confirmei com o carregador, pra ter certeza. É uma grande honra viajar com o sr. Phillips Randolph", continua Meyer, "por ele ser um benfeitor público e ter muita gaita, mas principalmente por ter muita gaita".

Bom, é claro que todo mundo conhece o sr. Phillips Randolph, e estranhei não ter reconhecido seu rosto dos jornais, que sempre o estampam ao lado do último modelo de automóvel produzido por sua fábrica, e estou tão satisfeito quanto Meyer Marmalade por viajar no mesmo vagão que o sr. Phillips Randolph.

Ele parece ser um senhor simpático, e está se divertindo muito, conversando, rindo, e dando uns goles ocasionais em uma garrafa, e quando o velho Crip McGonnigle entra mancando pelo vagão, vendendo suvenires de futebol, penas vermelhas e azuis, pequenos distintivos e flâmulas, e mais uma coisinha ou outra que Crip vende na véspera de jogos importantes desde que Hickory Slim tinha 2 anos de idade, o sr. Phillips Randolph o chama e compra todas as penas vermelhas, as que têm o H escrito, para mostrar que são de Harvard.

— A CANÇÃO DO COVEIRO —

E então o sr. Phillips Randolph distribui as penas entre o pessoal, e os rapazes e as pequenas as prendem no chapéu, ou as espetam no casaco, mas sobram muitas penas, e nesse momento quem vem andando pelo vagão senão Joey Perhaps, e o sr. Phillips Randolph o interrompe no corredor e educadamente oferece uma pena vermelha, e pergunta:

"Nos daria a honra de usar nossas cores?"

Claro que o sr. Phillips Randolph está muito bem-intencionado, e não fez por mal, mas os rapazes e moças do grupo estão rindo muito, como se achassem o que ele fez engraçadíssimo, e talvez por causa da risada, ou talvez por ser um sujeito naturalmente hostil, Joey Perhaps bate na mão do sr. Phillips Randolph e diz assim:

"Sai da minha frente. Acha que sou otário?"

Pessoalmente, acho que Joey Perhaps tem direito de rejeitar a pena vermelha, por mim ele pode até preferir a pena azul, que é a cor de Yale, mas ele não precisa ser tão grosseiro com um senhor como Phillips Randolph, mesmo sem saber, naquele momento, que o sr. Phillips Randolph tem uma imensa quantidade de dinheiro.

Bom, o sr. Phillips Randolph fica parado, olhando para Joey como se estivesse muito surpreso, e é provável que esteja, porque também é provável que ninguém fale daquele jeito com ele, e Joey Perhaps também fica ali olhando para o sr. Phillips Randolph, e depois de um tempo diz assim:

"Dê uma boa olhada, talvez se lembre de mim se voltar a me ver."

"OK", responde o sr. Phillips Randolph calmamente. "Talvez me lembre. Dizem que sou bom pra guardar rostos. Peço desculpas por interrompê-lo. É só uma brincadeira, mas peço desculpas."

Então, Joey Perhaps segue adiante e parece não reparar em Meyer Marmalade e em mim, sentados no mesmo vagão. O sr. Phillips Randolph por fim se senta, o rosto vermelho, muito vermelho; aquela alegria toda já o deixou, assim como ao grupo que o acompanha. Pessoalmente, lamento muito que Joey Perhaps tenha aparecido, porque acho que o sr. Phillips Randolph ia me dar uma das penas que sobrassem, o que seria uma lembrança maravilhosa.

Agora ninguém mais conversa nem ri no grupo do sr. Phillips Randolph, e ele mesmo fica ali sentado, pensativo, acho até que está pensando que devia existir uma lei contra um sujeito se dirigir de modo tão desrespeitoso a alguém com tanta bufunfa, como Joey Perhaps acaba de fazer.

Bom, o confronto de habilidade e técnica entre Lefty Ledoux e Pile Driver se revela meio decepcionante; a bem dizer, um confronto de araque, pouca habilidade e nenhuma técnica, e lá pelo quarto round a plateia está inquieta, gritando pra tirar aqueles dois vagabundos do ringue e outros comentários pouco elogiosos; pra completar, parece que o tal Koons não tem juiz nem árbitro no bolso, e Ledoux acaba vencendo por decisão unânime.

E assim Meyer Marmalade fica 200 pratas mais pobre, foi tudo que ele conseguiu apostar ali, na hora da luta, porque ninguém em Boston, Massachusetts, dá a mínima pra quem vai ganhar o confronto, e Meyer está chateado com tudo, e eu também, e então voltamos para o hotel Copley Plaza e nos acomodamos no lobby para meditar sobre as injustiças da vida.

E o lobby está uma diversão só, parece que vários jantares comemorando o jogo de futebol estão em andamento; rapazes e pequenas em trajes de noite circulam pra cima e pra baixo, as pequenas são jovens e bonitas e já não acho o mundo tão ruim; até Meyer começa a reparar no movimento.

De repente, uma jovem muito, mas muito bonita, com quarenta por cento do corpo dentro de um vestido longo e os outros sessenta fora, caminha na nossa direção, estende a mão e me pergunta:

"Lembra de mim?"

Claro que não lembro, e claro que não vou admitir isso porque não faz parte da minha política desestimular pequenas que queiram me conhecer, que é o que eu acho que essa pequena está tentando fazer. Mas aí percebo que ela é ninguém menos que Doria Logan, uma das pequenas mais lindas que já pisaram na Broadway, e nesse mesmo instante Meyer Marmalade também a reconhece.

Doria mudou, e não mudou pouco, desde a última vez que a vi, o que foi há muito tempo, mas a mudança foi pra melhor, sem dúvida, porque ela era uma matraca, falava sem parar, e agora está mais madura, mais calma e até mais bonita. Naturalmente, Meyer Marmalade e eu ficamos felizes em vê-la tão bem, e perguntamos como estão as coisas, o que está acontecendo de bom e tal e coisa, até que por fim Doria Logan diz assim:

"Estou muito encrencada, encrenca brava, e vocês são os primeiros que encontro com quem posso conversar sobre o assunto."

Ao ouvir isso, Meyer Marmalade começa a se afastar dela um pouco, pressentindo um achaque, e Meyer Marmalade não é o tipo de cara que se deixa achacar por uma pequena, a menos que receba algo mais que uma historinha mal contada em troca. Mas percebo que Doria Logan fala com sinceridade.

"Lembra de Joey Perhaps?", ela pergunta.

"Gente ruim", diz Meyer Marmalade. "Muito ruim."

"Não só me lembro de Joey Perhaps como cruzei com ele no trem hoje", completo.

"Eu sei, ele está na cidade. Andou atrás de mim o dia todo, quer me fazer mal, quer acabar de arruinar minha vida."

"Gente ruim", insiste Meyer Marmalade. "Sempre foi, ruim mesmo."

Então Doria Logan nos puxa até um canto mais tranquilo do lobby e conta uma história das mais estranhas, que segue assim:

Parece que ela esteve enrolada com Joey Perhaps, o que eu nunca soube, nem Meyer Marmalade, e, a bem dizer, ficamos chocados com a informação.

Isso foi quando ela só tinha 16 anos e cantava no coro do show *Earl Carroll's Vanities*, e eu lembro bem de como ela era de parar o trânsito.

Claro que aos 16 anos Doria era completamente tapada, perdida, mal sabia ver as horas, como todas as pequenas de 16 anos, e não tinha ideia da pessoa ruim que era Joey Perhaps, rapaz bonitão, jovem e sempre dando uma de romântico, falando de amor e afins.

Bom, e o desfecho de tudo isso é o mesmo de milhares de outros casos de pequenas tapadas que chegam à Broadway: quando se dá conta, Doria Logan se vê enrolada com uma figura da pior espécie, e sem saber pra onde correr.

Não demora pra Joey Perhaps passar a tratá-la muito mal, a ponto de usá-la em alguns de seus esquemas nefastos, e não é novidade na Broadway que os esquemas de Joey são especialmente nefastos, ele vem aprontando desde moleque.

Chega um dia em que Doria diz a si mesma que, se aquilo é amor, ela chegou ao limite e decide dar no pé. Volta para a família, que mora na cidade de Cambridge, Massachusetts, mesmo lugar onde fica Harvard; vai pra lá porque não sabe mais para onde ir.

Parece que a família de Doria é pobre, e Doria começa a frequentar uma escola técnica, aprende estenografia e vai trabalhar para um corretor imobiliário chamado Poopnoodle, e até que se sai bem. Nesse meio-tempo, fica sabendo que Joey Perhaps estava em cana e conclui que seus problemas com ele acabaram.

E então Doria Logan segue tranquila com sua vidinha, trabalhando para o sr. Poopnoodle, sem pensar em romance e similares, quando conhece um jovem de Harvard, 21 anos de idade e ótimo jogador de futebol, e ela conhece o rapaz enquanto tomava um banana split na lanchonete.

Bem, o jovem de Harvard se interessa muito por Doria; na verdade, está louco por ela, mas àquela altura Doria já tem 20 anos, não é mais uma pequena tapada e não quer mais saber de se enrolar por amor.

A bem dizer, sempre que pensa em Joey Perhaps, Doria se enche de ódio por rapazes em geral, mas, por algum motivo, não consegue odiar com vontade mesmo o tal jovem de Harvard; como ela mesma diz, ele é bonitão, nobre e tem ideais maravilhosos.

À medida que o tempo passa, porém, Doria começa a ficar pálida, perde o apetite, não consegue mais dormir direito, e isso a preocupa nada pouco, justo ela, que sempre foi boa de garfo; até que por fim ela chega à conclusão de que a fonte de seus males é estar apaixonada pelo jovem de Harvard, mal vive sem ele, e lhe diz isso com todas as letras numa noite em que a lua brilha sobre o Charles River e o cenário está armado sob medida para o amor.

Bom, passado o susto, natural numa circunstância assim, o jovem pede que ela escolha a data feliz, e Doria chega a pensar na segunda-feira seguinte, mas então começa a se lembrar de seu passado com Joey Perhaps e coisa e tal, e conclui que estaria trapaceando o jovem de Harvard se casasse com ele sem antes ter uma conversinha sobre Joey; ela sabe muito bem que vários rapazes poderiam ter reservas em casar com uma pequena que guarda um esqueleto no armário, principalmente um esqueleto como Joey Perhaps.

Mas ela está feliz demais para correr o risco de estragar o clima contando tudo de uma vez e, por isso, mantém a matraca fechada sobre Joey, mas promete se casar com o jovem de Harvard quando ele terminar a faculdade, o que acontece-rá no ano seguinte, isso se ele ainda se interessar, porque Doria sabe que até lá já terá conseguido contar o segredinho sobre Joey, ainda que bem aos poucos, claro, e com cuidado, principalmente com cuidado.

De toda forma, Doria está determinada a contar tudo antes do casamento, mesmo que com isso ela leve um fora, e eu pessoalmente acho muita con-sideração da parte de Doria, tem muita pequena por aí que não diria nada antes do casamento, nem depois. E assim Doria e o jovem de Harvard ficam noivos, e a felicidade reina entre os dois até que, de repente, surge Joey Perhaps.

Parece que Joey fica sabendo do noivado logo depois de sair da penitenciária estadual e corre para Boston, Massachusetts, com o bolso do ca-saco recheado de cartas que Doria lhe escreveu tempos atrás, além de muitas fotos que tiraram juntos, como jovens namorados costumam fazer, e embora não haja nada comprometedor nas cartas e nas fotos, quando vistas assim, todas juntas, re-presentam uma enorme dor de cabeça para Doria nesse momento em particular.

"Gente ruim", diz Meyer Marmalade. "Mas ele só quer tentar o velho golpe do achaque, você só precisa pagar o sujeito."

Ao ouvir isso, Doria Logan dá uma risadinha curta e seca e diz assim:

"Claro que é só pagar, mas onde vou arrumar dinheiro pra isso? Não tenho um centavo em meu nome, e Joey está pedindo alto porque sabe que o pai do meu noivo tem muito. Ele quer que eu fale com meu noivo e o convença a arrancar o dinheiro do pai, senão ele vai pessoalmente entregar as cartas e as fotos pro velho.

"Percebem a encrenca em que me meti?", pergunta Doria. "E imaginam o que o pai do meu noivo vai pensar quando souber que estive envolvida com um chantagista como Joey Perhaps?

"Além do mais", segue Doria, "não é só dinheiro que move Joey Perhaps, e não tenho garantia de que ele não vai me enganar, mesmo que eu pague o que ele pede. Joey está furioso comigo. Se puder acabar com minha felicidade, isso vai ser mais importante pra ele do que o dinheiro".

Doria conta também que está tentando ganhar tempo com Joey Perhaps, disse a ele que não tinha como conversar com o noivo antes do grande jogo de futebol entre Harvard e Yale, o rapaz precisa jogar para Harvard, e Joey pergunta se ela vai assistir à partida, e é óbvio que sim.

Então Joey diz que vai atrás de algum cambista pra comprar um ingresso, ele gosta muito de futebol, e também quer saber onde ela vai sentar, pois espera poder vê-la no estádio durante a partida, e essa última afirmação a deixa agitada, e muito, porque ela vai assistir ao jogo na companhia do pai do noivo e de alguns amigos dele, e sabe que Joey Perhaps é capaz de qualquer coisa.

Ela explica a Joey que não sabe exatamente onde vai sentar, só sabe que vai ser com a torcida de Harvard, mas Joey está ansioso por mais detalhes.

"E ele insiste nisso", relata Doria, "a ponto de ficar do meu lado enquanto telefono para o sr. Randolph, aqui mesmo neste hotel, e ele me diz a exata localização de nossos assentos. E então Joey anuncia que vai batalhar por um ingresso o mais próximo possível de mim, e desaparece".

"Que sr. Randolph?", pergunta Meyer. "Não é o sr. Phillips Randolph por acaso, é?"

"Claro que é", responde Doria. "Você conhece?"

Dali em diante, Meyer Marmalade olha para Doria com muito mais respeito, e eu também, embora ela comece a chorar um pouco, e eu sou contra ver pequenas chorando. Mas, enquanto ela chora, Meyer Marmalade parece continuar matutando e, por fim, diz o seguinte: "Você poderia por obséquio tentar lembrar o local desses assentos?".

E é aqui que o futebol volta a aparecer. Só lamento admitir que eu mesmo não testemunhei a partida, e o motivo de eu não a ter testemunhado é que ninguém me acordou a tempo no dia seguinte, mas pessoalmente acho que foi melhor assim, não sou exatamente um fã ardoroso de futebol. Então, daqui pra frente, a história pertence a Meyer Marmalade, e vou contá-la pra vocês do jeitinho que ele me contou.

O jogo acaba sendo dos mais emocionantes (segundo Meyer). O estádio está lotado, há fanfarras tocando, muita festa, e um número incrível de pequenas bonitas por metro quadrado, embora eu mesmo não acredite que haja alguma ali mais adorável do que Doria Logan.

Foi bom ela ter se lembrado do local dos assentos, ou eu nunca a teria encontrado, mas ela está cercada de gente muito grã-fina, incluindo o sr. Phillips

Randolph, e o cambista de quem comprei o ingresso me diz que não entende por que todo mundo quer sentar perto do sr. Phillips Randolph hoje, justo hoje, quando há assentos até melhores no lado da torcida de Harvard.

Concluo que houve outros pedidos como o meu, para sentar na mesma área do estádio, e olha que não paguei barato, e deduzo que pelo menos um dos pedidos veio de Joey Perhaps, pois já o vejo umas duas fileiras acima de onde estou, à esquerda, no corredor, enquanto eu estou em uma linha reta em relação ao sr. Phillips Randolph.

Pra provar que Joey é o tipo de cara que atrai atenção, o sr. Phillips Randolph se levanta um pouco antes de o jogo começar, dá uma olhada pra ver quem dos presentes ele conhece e, de repente, seus olhos estacionam em Joey Perhaps, e então o sr. Phillips Randolph mostra que tem mesmo boa memória para rostos, dizendo assim:

"Olhem lá, é aquele sujeito que recusou grosseiramente as nossas cores no trem. Isso mesmo, tenho certeza de que é ele."

Bem, com relação ao jogo, o que se vê é muito empurra-empurra, muitos trancos de lado a lado, entre Harvard e Yale, sem que o placar se defina até os cinco minutos finais, e então Yale consegue colocar a bola a poucos centímetros da linha de gol de Harvard.

Nesse momento, a emoção aumenta ainda mais. Em poucos segundos, Yale supera Harvard e o jogo acaba. O sr. Phillips Randolph levanta do assento e o ouço dizer assim:

"Bom, o placar não é tão ruim quanto poderia ser, o jogo foi maravilhoso e parece que até conseguimos converter um torcedor, olha só quem está ostentando nossas cores agora."

E em seguida aponta para Joey Perhaps, que continua sentado, com gente tentando sair dos assentos por cima dele, seu rosto ainda estampando um meio sorriso. O sr. Phillips Randolph parece satisfeitíssimo em ver que Joey Perhaps exibe uma faixa vermelho-escura comprida e larga no lugar onde antes ele enrolava o cachecol branco de seda.

É provável que o sr. Phillips Randolph fique muito surpreso quando descobrir que a faixa vermelho-escura que cobre o peito de Joey só apareceu ali depois que Ollie Ortega plantou uma faca no pescoço de Joey – esqueci de mencionar que Ollie Ortega está entre os presentes?

Pois é, depois que saí do hotel ontem, mandei um recado para Ollie, achei que ele adoraria assistir a um bom jogo de futebol. Ele chegou de avião hoje cedo. E não me enganei, Ollie achou o jogo ótimo.

Pessoalmente, nunca esquecerei esse jogo, foi emocionante demais. E depois que acabou, de repente, ressoando das arquibancadas onde estava a torcida de Yale, ouve-se uma espécie de lamento, um som fúnebre, que me entristece um pouco. Começa mais ou menos assim, ohohohohoho, com a torcida toda de Yale ohohohozando de uma vez, e então pergunto prum sujeito ao lado o que é aquilo.

"É a Canção do Coveiro", ele explica. "A torcida de Yale sempre entoa quando destrói o adversário. Eu mesmo estudei em Yale e vou agora, pessoalmente, cantar pra você."

O sujeito então joga a cabeça pra trás, abre bem o bocão e solta um uivo que mais parece o de um lobo em fase de acasalamento.

Eu logo o interrompo, digo que a canção é linda, claro, e muito adequada para aquele dia, e dou no pé rapidinho do estádio, nem tive oportunidade de me despedir de Doria, mas depois ainda mandei pelo correio o pacote com as cartas e fotos que Ollie retirou do bolso do casaco de Joey Perhaps no meio da confusão toda que se seguiu ao gol de Yale, e torço para que ela acredite que as manchas vermelho-escuras do pacote sejam apenas um toque de cor para homenagear Harvard.

Mas a melhor coisa desse jogo de futebol (diz Meyer Marmalade) é que faturei duzentinho com um torcedor de Harvard que se sentou do meu lado – ou seja, no fim das contas, fiquei no zero a zero.

— A CANÇÃO DO COVEIRO —

BARBADA

O que estou fazendo em Miami na companhia de alguém como Hot Horse Herbie é uma longa história, que data de uma noite fria no restaurante Mindy's, na Broadway, eu ali sentado, pensando em como o mundo é cruel, quando chegam Hot Horse Herbie e sua adorável noiva, a srta. Cutie Singleton.

O tal Hot Horse Herbie é um sujeito alto, magro, cara triste, e é chamado Hot Horse Herbie porque sempre sabe qual é o cavalo que está tinindo, a barbada mais quente, quente a ponto de queimar, lembrando que uma barbada quente é aquele cavalo que tem tudo pra ganhar o páreo, embora às vezes as barbadas quentes do Herbie se revelem uma grande fria, capazes de congelar tudo num raio de uns 80 quilômetros.

Ele acompanha as corridas desde criancinha, pelo que costuma contar. De fato, o velho capitão Duhaine, responsável pelo patrulhamento de várias pistas de corrida, diz que se lembra do Hot Horse Herbie bem pequeno e de que ele já era malandro naquela época, mas também é verdade que o capitão Duhaine não gosta do Hot Horse Herbie porque acha que ele não passa de um virador barato, o que para o capitão e seus comandados é a coisa mais repulsiva que pode existir.

O virador é o sujeito que circula pelo hipódromo distribuindo palpites, isso quando acha alguém que lhe dê ouvidos, geralmente algum otário. O virador quase nunca tem sequer um tostão no bolso. Se tiver, não é um virador, é um turfista, e é respeitado por todos, inclusive os guardas, por conhecer tanto sobre corridas.

Pessoalmente, não tenho nada contra o Hot Horse Herbie, não importa o que diga o capitão Duhaine, e certamente nada tenho contra a adorável noiva do Hot Horse Herbie, a srta. Cutie Singleton. Na verdade, sou totalmente a favor da srta.

Cutie Singleton, conheço a moça há tempos e ela nunca sai da linha, o mesmo já não posso dizer de muitas outras pequenas que conheço.

Cutie é loira, tipo mignon, afável, e está longe de ser um bucho, pra quem gosta de loiras, e há mesmo quem diga que a srta. Cutie Singleton é muito inteligente, embora eu não entenda como isso pode ser verdade, na minha opinião uma pequena inteligente nunca vai se enroscar com um sujeito como o Hot Horse Herbie, o Herbie não é de prover pra ninguém.

Depois de dez anos juntos, a srta. Cutie Singleton e Hot Horse Herbie estão noivos, e todos já sabem que os dois vão se casar assim que Herbie faturar uma gaita. De fato, quase voltam casados de New Orleans, em 1928, quando Herbie acerta um palpite e embolsa 1.100 pratas, o problema é que o acerto acontece no primeiro páreo do dia e, naturalmente, Herbie aposta tudo no páreo seguinte, mas agora o palpite é infeliz e Herbie acaba só com o programa das corridas na mão e não consegue casar com a srta. Cutie Singleton.

Em outra ocasião, em 1929, em Churchill Downs, Hot Horse Herbie faz uma aposta boa em Naishapur para o derby do Kentucky, e põe tanta fé no cavalo que na mesma manhã da corrida manda a srta. Cutie Singleton escolher uma aliança. Mas Naishapur termina em segundo lugar, naturalmente Hot Horse Herbie não pode comprar a aliança e é claro que a srta. Cutie Singleton não deseja se casar sem uma aliança.

Eles têm uma nova chance em 1931, em Baltimore, quando Hot Horse Herbie calcula que Twenty Grand vai levar fácil o derby de Preakness, e está tão seguro de seus números que manda a srta. Cutie Singleton até a prefeitura local para descobrir quanto custa casar naquela cidade. Mas é claro que Twenty Grand não ganha em Preakness, e a informação obtida pela srta. Cutie Singleton não serve pra nada, além do que Herbie diz conseguir preço melhor pra casar em Nova York.

Mas não há dúvidas de que Hot Horse Herbie e a srta. Cutie Singleton estão muito apaixonados, embora eu ouça uns rumores de que nos últimos tempos a srta. Cutie Singleton tem se mostrado algo impaciente com o fato de Hot Horse Herbie não ganhar a bolada que promete ganhar desde que o casal se conheceu em Hot Springs em 1923.

De fato, a srta. Cutie Singleton diz que se ela souber que Hot Horse Herbie vai demorar tanto para levantar esse dinheiro, em vez de ficar noiva, ela vai, isso sim, manter o emprego de manicure no hotel Arlington, onde até que se sai bem.

Parece que nos últimos anos a srta. Cutie Singleton deu pra ficar suspirando quando olha para as casinhas fincadas nas cidades por onde passam, viajando de derby em derby, principalmente as branquinhas, com venezianas verdes e jardins e trepadeiras em volta, e fica pensando em como deve ser bom poder viver nesses lugares, e não dentro de uma mala de viagem.

E é claro que Hot Horse Herbie não concorda com essas ideias da moça, ele sabe muito bem que se for colocado numa casinha branca por mais de quinze minutos é certo que vai enlouquecer, mesmo que a casa tenha venezianas verdes.

Pessoalmente, considero a srta. Cutie Singleton um pouco ingrata por pensar assim depois de todas as paisagens apresentadas pelo Herbie a ela nos últimos dez anos. De fato, Herbie mostra praticamente tudo que vale a pena ver neste país e um pouco no Canadá, e tudo que ela precisa fazer

— BARBADA —

em troca de tamanha gentileza é sacar uma bola de cristal ou um baralho e se passar por vidente quando as coisas não vão bem pra ele.

Claro que de vidente a srta. Cutie Singleton não tem nada, ou poderia prever a sorte de Hot Horse Herbie e até a própria; mas, pelo que ouço por aí, a moça não se sai de todo mal quando o assunto é convencer as pessoas de sua capacidade de antever o futuro, principalmente quando essas pessoas são solteironas apaixonadas, viúvas prontas para laçar um marido novo e outros personagens do mesmo naipe.

Mas, enfim, assim que Hot Horse Herbie e sua querida noiva entram no Mindy's, ele me manda um sonoro olá, no que é seguido pela srta. Cutie Singleton, e então eu retribuo o olá e Hot Horse Herbie me diz o seguinte:

"Então", Herbie começa, "temos ótimas notícias pra você. Vamos para Miami", ele conta, "e logo estaremos entre palmeiras balançando ao vento e aproveitando as águas mornas do golfo".

Óbvio que é mentira. Hot Horse Herbie sempre vai a Miami, mas nunca desfruta das águas mornas do golfo porque não tem tempo pra essas coisas, passa o dia na função do jóquei e as noites em corridas de cachorro e jogatina em geral; sou capaz de fazer uma fezinha que Hot Horse Herbie nem sabe apontar em que direção fica o golfo quando está em Miami, e ainda dou uma lambuja pra ele.

Mas, claro, o que ele diz me faz pensar em como Miami deve ser aprazível no inverno, principalmente quando neva no Norte e o sujeito não tem como se esquentar, e estou começando a sentir uma ponta de inveja de Hot Horse Herbie e de sua amada noiva quando ele me vem com esta:

"Só que a novidade não é que vamos eu e ela. É que você vai também", diz Herbie. "Já compramos as passagens de trem, minha querida noiva tem guardadas 300 pratas pro enxoval, mas na hora de decidir entre comprar lençóis ou ir pra Miami, naturalmente ela ficou com Miami porque", continua Herbie, "ela diz que de enxoval já está cheia. Brincalhona, a srta. Cutie Singleton".

"E então", segue Herbie, "não é que topo por acaso com o sr. Edward Donlin, o agente funerário, e parece que ele está despachando um cidadão de Miami de volta pra casa amanhã à noite e, naturalmente, o sr. Donlin precisa comprar duas passagens

— BARBADA —

de trem para esse trajeto, e como o tal cidadão não tem companhia pensei em você. Trata-se de um senhor de idade, muito respeitado em Miami", garante Herbie, "embora, claro, não esteja mais entre nós, ou talvez só em espírito, quem sabe".

Acho a ideia terrível, claro, ofensiva até, e fico indignado por Hot Horse Herbie chegar a pensar que eu viajaria desse jeito, mas aí ele começa a contar que o velho e respeitado cidadão de Miami, aquele que o sr. Donlin precisa despachar de volta pra casa, é um grande sujeito na memória da cidade e, pelo que se sabe, adoraria ter companhia na viagem e, nesse instante, Big Nig, o jogador de dados, entra no Mindy's sem fechar a porta e uma brisa gelada me acerta em cheio, me levando a pensar, e pensar muito, nas palmeiras balançando e nas águas mornas do golfo.

E assim, quando dou por mim, lá estou eu em Miami com Hot Horse Herbie, é o inverno de 1931 e todos já sabem que esse é o inverno em que o sofrimento entre os apostadores em Miami é praticamente intolerável. De fato, a situação é pior que a do inverno de 1930. De fato, o sofrimento é tamanho que muita gente já cogita se não é o caso de apelar ao Congresso por uma ajuda aos apostadores do jóquei, mas os boatos dão conta de que o próprio Congresso anda precisando de ajuda.

Hot Horse Herbie, sua querida noiva, a srta. Cutie Singleton, e eu arrumamos uns quartos num pequeno hotel na Flagler Street, e, embora o lugar não passe de uma espelunca e estejamos fazendo um favor ao senhorio por ficar ali, é espantoso o escândalo que ele faz quando alguém atrasa o pagamento. O sujeito berra tanto sempre que um inquilino atrasa o aluguel que acaba se tornando um enorme estorvo pra mim, e chego a pensar em me mudar, só não tenho ideia de para onde ir. Ademais, o senhorio não me deixa mudar a menos que eu quite tudo que devo, e não estou em condições de cuidar desse pormenor no momento.

Não cheguei a Miami montado na gaita, claro, mas ainda por cima já comecei enfrentando uma maré de azar. A situação seguiu assim por um tempo e depois piorou; às vezes me pergunto se não seria melhor comprar uma corda e dar um ponto final em tudo em uma palmeira do parque na Biscayne Boulevard. O único problema é que não tenho um tostão sequer pra comprar a corda, e além

— BARBADA —

do mais ouvi dizer que a maioria das palmeiras no parque já está reservada para uns sujeitos que tiveram a mesma ideia.

Agora, posso estar mal, mas nem de longe tão mal quanto Hot Horse Herbie, porque ele tem a noiva, a querida srta. Cutie Singleton, para cuidar, principalmente agora que a moça deu pra reclamar que nunca se diverte, e que se tiver a cabeça no lugar acaba logo com esse noivado e arruma um sujeito que mostre mais peito, e ela também parece não sentir pena de Hot Horse Herbie quando ele conta dos valentões que enfrenta no jóquei.

Mas Hot Horse Herbie tem muita paciência com ela, diz que agora não demora porque a lei das probabilidades indica que a sorte vai mudar, e sugere que a srta. Cutie Singleton consiga o endereço de alguns ministros religiosos caso eles precisem localizar um com urgência. Além disso, Hot Horse Herbie sugere que a srta. Cutie Singleton desempacote a velha bola de cristal e o baralho, e pendure a plaquinha de vidente na janela enquanto eles esperam que a lei das probabilidades comece a funcionar a favor dele, embora pessoalmente eu duvide que ela consiga serviço prevendo o futuro em Miami neste momento, todo mundo na cidade parece já saber o que o futuro reserva.

Preciso dizer também que depois de chegar a Miami meu negócio com Hot Horse Herbie não engrenou, não aprovo os métodos de trabalho dele e, ademais, não quero o capitão Duhaine e seus homens no meu pé o tempo todo, nunca me permito sair da linha, de jeito nenhum, ou quase. Mas encontro Hot Horse Herbie nas corridas todos os dias, e aí um dia eu o vejo conversando com o sujeito de aparência mais inocente do mundo.

Alto, esguio, cavanhaque e cabelos castanhos, sem chapéu, ele tem lá seus 40 e poucos anos, veste uma calça branca de flanela, amassada, assim como o casaco esporte, usa óculos com lentes fundo de garrafa, emolduradas por uma armação de chifre de búfalo, e o cheiro do seu cachimbo pode ser sentido a um quarteirão de distância. Parece o tipo de sujeito que nem sequer sabe a hora do dia e não tem um tostão furado no bolso, mas vejo pelo interesse de Hot Horse Herbie em ouvi-lo que o homem deve, sim, carregar uns trocados.

Além do mais, o instinto de Hot Horse Herbie não falha nesse particular, não que eu me lembre, e por isso não me espanto quando o sujeito tira a carteira do bolso interno do casaco e escorrega uma nota pro Herbie. E então Herbie segue na direção do guichê de apostas mútuas, mas tomo um susto ao perceber que ele estaciona mesmo é no guichê de 2 dólares. Vou atrás dele pra descobrir o que está acontecendo porque não combina com o Herbie cavar um sujeito com gaita pra gastar e só usar o cara pra apostar 1 duque.

Quando alcanço o Herbie, pergunto o que significa aquilo, ele ri e me diz:

"Bom", ele começa, "estou só testando o cara. Digamos que é um freguês potencial, mas ainda é difícil saber. É a primeira aposta que ele faz na vida e, além disso", segue Herbie, "ele nem quer apostar, diz que sabe que um cavalo corre mais que o outro, e daí? Mas mando uma historinha bem contada, batata: ele agora quer apostar 1 duque. Acho que é professor universitário, está zanzando pelo jóquei só por curiosidade. Não conhece ninguém aqui. Arrumei uma barbada pra ele; se ganhar, talvez possa ser promovido a algo melhor. Mas sabe como é", conclui Herbie, "não se condena ninguém por tentar".

E não é que o cavalo escolhido por Herbie ganha mesmo e ainda rende um dinheirinho? E então Herbie deixa estar por enquanto porque acaba de arrumar um cara muito bom e nem quer saber da turma que só aposta 2 dólares. E o professor volta outras vezes ao jóquei, eu o vejo pra lá e pra cá, fumando aquela coisa fedorenta e com o olhar meio espantado.

Eu mesmo me interesso pelo sujeito porque ele parece estar completamente deslocado naquele ambiente, mas devo dizer que jamais me passa pela cabeça usar o cara, de jeito nenhum, não é minha jogada, e então um dia me aproximo pra conversar e ele é tão inocente quanto aparenta ser. É professor em Princeton, uma universidade em New Jersey, e seu nome é Woodhead. Anda meio adoentado e está na Flórida para se recuperar, acha a turma que frequenta o jóquei o maior show da terra e lamenta não ter estudado esse assunto mais cedo na vida.

Pessoalmente, acho o sujeito bacana, parece ter muito conhecimento sobre uma coisinha ou outra, mas é tão ignorante quando o assunto é turfe que é difícil acreditar que trabalha numa universidade.

— BARBADA —

Mesmo que eu queira dar uma de pilantra, antes passar pra trás o Papai Noel que o sr. Woodhead; já a situação de Hot Horse Herbie está beirando o desespero e então ele volta a procurar o professor e começa a trabalhar o cara. Um dia, Herbie arranca 1 duque; no outro, achaca 1 galo, e nas duas vezes acerta os vencedores, o que prova, segundo Herbie, que está com sorte, porque, quando encontra um sujeito disposto mesmo a apostar, ele simplesmente não consegue escolher um cavalo que chegue em último.

Veja bem, a ideia é que, quando Hot Horse Herbie passa uma barbada pra alguém, ele espera que esse alguém aposte por ele também, ou quem sabe divida uma parte dos ganhos, mas é claro que Herbie não menciona nada disso para o professor Woodhead, pelo menos não ainda, porque o professor não aposta o suficiente pra valer a pena e, além disso, Herbie vem trabalhando o sujeito aos poucos, embora na minha opinião a coisa esteja um tanto lenta, e até o Herbie acaba admitindo isso, e me diz assim:

"Acho que vou ter que meter o pé na porta. O professor é um sujeito bacana, mas não amolece assim fácil. Ademais", Herbie continua, "ele é muito burro pra esse assunto, nunca vi ninguém tão difícil de ensinar, não fosse eu gostar dele pessoalmente, não ia querer saber do sujeito, não. Além de gostar dele pessoalmente", diz Herbie, "dei uma espiada naquela carteira de couro dele outro dia e advinha?", pergunta. "Está recheada de notas graúdas, estalando de novas."

Naturalmente, trata-se de notícia das mais interessantes, até pra mim, porque notas graúdas estalando de novas são tão raras em Miami nestes tempos que, se um sujeito topa com uma, leva correndo pro banco pra conferir se não é falsa, e mesmo assim vai custar a acreditar.

Começo a pensar que, se um sujeito como o professor Woodhead pode sair por aí de posse de notas graúdas estalando de novas, estou cometendo um grave erro ao não me tornar também um professor universitário e, obviamente, depois disso passo a tratar o professor Woodhead com o maior respeito.

E então acontece de uma noite estarmos Hot Horse Herbie, sua querida noiva, a srta. Cutie Singleton, e eu numa biboca gordurenta na rua 2 traçando uma bela dobradinha *à la créole*, que é um prato muito gostoso e nada caro, quando porta adentro chega o professor Woodhead.

Naturalmente Herbie o convida para nossa mesa e apresenta o professor Woodhead à srta. Cutie Singleton, e o professor senta ali conosco, encarando a srta. Cutie Singleton com grande interesse, embora a moça, a essa altura, esteja um pouco enfastiada porque é a quarta noite seguida em que tem de comer dobradinha à moda *créole*, e a srta. Cutie Singleton não gosta nem um pouco de dobradinha.

Ela não dá a mínima para o professor Woodhead, até que Hot Horse Herbie por acaso comenta que o professor mora em Princeton e então a srta. Cutie Singleton se vira para o professor e diz assim:

"Onde fica Princeton? É uma cidade pequena?"

"Bom", responde o professor, "Princeton fica em New Jersey, com certeza não é uma cidade grande, mas está prosperando".

"Tem casinhas brancas nessa cidade?", pergunta a srta. Cutie Singleton. "Casinhas brancas com venezianas verdes e trepadeiras por todo lado?"

"Minha nossa", diz o professor Woodhead, olhando a moça com bem mais interesse agora, "a senhorita está descrevendo a minha casa", completa. "Moro em uma casinha branca com venezianas verdes e trepadeiras por todo lado, e é um bom lugar para morar, embora às vezes seja um pouco solitário, pois vivo sozinho, a menos que se queira incluir na conta a velha sra. Bixby, que cuida da casa pra mim. Sou solteiro", conclui.

A srta. Cutie Singleton não tem muito a dizer depois disso, embora seja justo afirmar que, para uma pequena, principalmente uma pequena loira, a srta. Cutie Singleton não é das mais tagarelas, e ela observa, atenta, o professor Woodhead porque nunca que ela tem uma chance de fazer contato com alguém que mora em uma casinha branca com venezianas verdes.

Por fim, damos cabo da dobradinha *à la créole* e voltamos à espelunca onde Hot Horse Herbie, a srta. Cutie Singleton e eu estamos morando, e o professor Woodhead caminha conosco. Na verdade, o professor Woodhead caminha com a srta. Cutie Singleton, enquanto Hot Horse Herbie anda ao meu lado e vem contando que tem uma grande barbada, a maior da sua vida, para o páreo final do hipódromo de Hialeah, no dia seguinte, mas grande também é seu desgosto, porque não tem um tostão sequer para apostar e tampouco sabe onde conseguir algumas pratas.

Parece que ele fala de um cavalo chamado Breezing Along, de propriedade de um sujeito de nome Moose Tassell, cidadão de Chicago, e que afirmou a Hot Horse Herbie que a única maneira de Breezing Along, que honra sua alcunha de "Vento em Popa", perder a corrida é se alguém der um tiro no cavalo na primeira curva, e é óbvio que ninguém atira nos cavalos na primeira curva do hipódromo de Hialeah, embora muitos frequentadores às vezes tenham vontade de alvejar as cavalgaduras na segunda curva.

Bom, aí chegamos à nossa espelunca e estamos de papo furado na porta quando o professor Woodhead diz assim: "A srta. Cutie Singleton me informa que mexe com cartomancia. Acho isso interessantíssimo", continua o professor, "porque não sou nem um pouco cético em relação à cartomancia. De fato, estudo um pouco esse assunto e não tenho dúvidas de que certos seres humanos têm o dom de prever eventos futuros com incrível exatidão".

Agora preciso reconhecer um talento de Hot Horse Herbie: o homem pensa rápido demais quando se vê naquelas situações que pedem respostas no ato, e ele vai logo dizendo assim:

"Puxa, professor, fico feliz em ouvir o senhor fazer essa afirmação porque eu também acredito em previsões. Pra falar a verdade, eu estava mesmo pensando em pedir que a srta. Cutie Singleton olhasse na bola de cristal dela e tentasse enxergar alguma coisa sobre uma corrida de cavalos que acontece amanhã e que está me deixando muito confuso, não consigo decidir entre dois ou três animais."

Claro que até esse momento a srta. Cutie Singleton não tem a menor ideia de que iria olhar numa bola de cristal e procurar ali um cavalo; além disso, é a primeira vez na vida que Hot Horse Herbie pede que ela procure alguma coisa na bola de cristal que não seja uma desculpa para arrumarem alguns trocados pra comer, porque é certo que Hot Horse Herbie não acredita em nada disso.

Mas também é claro que a srta. Cutie Singleton não demonstra surpresa nenhuma, e quando ela diz que sim, com prazer, o professor Woodhead entra na conversa pra comunicar que ficará muito feliz em testemunhar a sessão com a bola de cristal, o que é perfeito para Hot Horse Herbie.

Então subimos todos para o quarto da srta. Cutie Singleton e, de repente, lá está ela olhando firme para a bola de cristal, com os dois olhos.

O professor Woodhead está interessadíssimo nos procedimentos, mas naturalmente não chega a ouvir o que Hot Horse Herbie diz para a srta. Cutie Singleton em particular e, a bem da verdade, nem eu, mas Herbie me conta depois que disse a ela para não se esquecer de enxergar uma brisa soprando na bola de cristal. E assim, depois de um tempo mirando fixamente a bola, a srta. Cutie Singleton fala em voz baixa:

"Vejo árvores se curvando até o chão sob a força de ventos muito fortes. Vejo casas destelhadas. Sim, vejo pessoas lutando para caminhar contra o vento, tremendo de frio, e vejo ondas bem altas atirando barcos na praia como se fossem copos de papel. É isso, vejo uma tempestade e tanto."

Parece que a srta. Cutie Singleton não consegue mais ver nada, mas Hot Horse Herbie está muito animado com o que ele já consegue enxergar, e diz assim:

"Isso quer dizer que o cavalo é o Breezing Along! Sem dúvida. Professor", ele segue, "tenho aqui a oportunidade da sua vida. Esse cavalo não paga menos do que seis pra um. É a hora de apostar grande, e o lugar pra fazer isso é no centro da cidade, com um bookmaker, logo que abrirem as apostas, porque vai entrar um caminhão de dinheiro pra esse cavalo e o preço vai subir. Me passa quinhentão aí", pede Hot Horse Herbie, "aposto 400 pro senhor e 100 pra mim".

O professor Woodhead está muito impressionado com as visões da srta. Cutie Singleton na bola de cristal, mas uma coisa é arrancar 5 dólares de um sujeito, outra é arrancar 500, e de uma hora pra outra, e naturalmente o professor não quer apostar esse dinheirão todo. Na verdade, o professor não parece inclinado a apostar mais do que 10 dólares, no máximo, mas Herbie consegue convencê-lo a apostar 100, dos quais 25 pratas serão apostadas pelo Herbie, que explica ao professor que uma remessa de dinheiro que ele está esperando de Nova York está atrasada.

No dia seguinte, Herbie pega os 100 dólares e aposta tudo com Gloomy Gus, no centro da cidade. Herbie confia demais nesse cavalo.

— BARBADA —

Saímos rumo ao jóquei no começo da tarde e a primeira pessoa que encontramos é o professor Woodhead, que está muito animado. Conversamos rapidamente e depois não o vemos mais pelo resto do dia.

Bom, não vou incomodá-los com os detalhes da corrida, mas o tal Breezing Along nem aparece. De fato, fica tão pra trás que nem me lembro de vê-lo acabar a prova, quando o terceiro colocado cruza a linha, Hot Horse Herbie e eu já estamos a caminho de casa, Herbie acha que não consegue encarar o professor Woodhead num momento assim. Na verdade, acha que não consegue encarar ninguém, então seguimos para um certo lugar em Miami Beach e ficamos lá tomando cerveja até tarde, quando Herbie se lembra de sua querida noiva, a srta. Cutie Singleton, e de como ela deve estar se sentindo desnutrida, e então voltamos pra nossa espelunca pra que Herbie possa levar a srta. Cutie Singleton pra jantar.

Mas ele não encontra a srta. Cutie Singleton. Encontra um recado, e nesse recado a srta. Cutie Singleton diz assim: "Querido Herbie, não acredito mais em noivado longo, o professor Woodhead e eu vamos para Palm Beach, onde nos casaremos hoje à noite, e depois viajamos imediatamente para Princeton, em New Jersey, onde vou morar numa casinha branca com venezianas verdes e trepadeiras por todo lado. Adeus, Herbie", segue o recado. "Não coma peixe estragado. Respeitosamente, sra. Professor Woodhead."

Naturalmente, as mal traçadas pegam Hot Horse Herbie de surpresa, mas não o ouço abrir a boca pra falar da srta. Cutie Singleton e do professor Woodhead de novo até duas semanas depois, quando ele me mostra uma carta enviada pelo professor.

É uma carta bem longa, e dá a impressão de que o professor Woodhead quer se desculpar, e é claro que Herbie tem todo o direito de acreditar que o professor vai se desculpar por casar com sua querida noiva, a srta. Cutie Singleton, e por isso Herbie acha que lhe devem desculpas mesmo.

Mas na verdade o professor está se desculpando por não ter conseguido encontrar Hot Horse Herbie um pouco antes do páreo de Breezing Along para falar de um certo assunto que lhe ocupava a mente.

"Não me pareceu", escreve o professor, pelo que me lembro da carta, "que o nome que você escolheu fosse totalmente adequado para descrever a maravilhosa visão que a atual sra. Professor Woodhead enxergou na bola de cristal e, por isso", segue a carta, "examinei o programa de corridas mais detalhadamente e acabei descobrindo o nome do cavalo que de fato expressa a previsão, e apostei 200 dólares nesse animal, que acabou vencendo e pagando dez para um, como você deve saber. Na minha cabeça, eu deveria enviar a você parte desses ganhos, pois somos sócios desde o acordo inicial, mas a atual sra. Professor Woodhead discorda da minha opinião e então tudo que mando é um pedido de desculpas, acompanhado de um desejo de felicidades".

Hot Horse Herbie não consegue lembrar o nome do vencedor de uma corrida que aconteceu há tanto tempo, e nem eu, então vamos até a redação do *Herald* para pesquisar os arquivos, e o nome do vencedor do páreo de Breezing Along não é outro senão Mistral, e, quando olho no dicionário pra ver o que significa, descubro que significa vento forte, frio e seco, que sopra do norte.

E é claro que também não conto pro Hot Horse Herbie nem pra ninguém que eu mesmo apostei em outro cavalo, e o nome do cavalo é Pernas à

Mostra, afinal de contas, como eu vou saber que a sra. Professor Woodhead não está de fato enxergando aquela ventania toda na bola de cristal?

O projeto gráfico deste livro traz elementos inspirados tanto nas características arquitetônicas da Broadway dos anos 1920 e 1930 como nos personagens que a frequentavam. O estilo art-déco dos prédios está presente nas tipografias dos títulos (Canter, de 2013, de Christopher J. Lee), e a letra cursiva típica dos anúncios publicitários e fachadas comerciais do período (Calgary Script, de 2011, de Alejandro Paul). Para o miolo, foi utilizada a Century Old Style, de Linn Boyd Benton e Morris Fuller Benton (1906-1909).

O papelão da capa sugere uma mesa de carteado; a numeração dos capítulos é dada pela soma dos dados e a lombada traz uma nota de dólar – tudo fazendo referência ao universo da jogatina. As fotografias da época retratam três homens presos pela polícia de Nova York por tráfico de bebidas e um balcão de apostas de corrida de cavalos nos Estados Unidos.

O livro foi impresso em papel Munken Print Cream 80 g/m² na gráfica Ipsis em março de 2019.

ESTE EXEMPLAR É O DE NÚMERO

0959

DE UMA TIRAGEM DE 1.000 CÓPIAS

© Editora Carambaia, 2019
Publicação original [Nova York, 1929-1937]

DIRETOR EDITORIAL: Fabiano Curi
EDITORA-CHEFE: Graziella Beting
EDITORA: Ana Lima Cecilio
PREPARAÇÃO: Tamara Sender
REVISÃO: Ricardo Jensen de Oliveira e Cecília Floresta
PROJETO GRÁFICO: Estúdio Claraboia
COMPOSIÇÃO: Ana Lígia Martins e Kaio Cassio
PRODUÇÃO GRÁFICA: Lilia Góes
FOTOGRAFIAS: Biblioteca do Congresso, Washington

EDITORA CARAMBAIA
Rua Américo Brasiliense, 1923, cj. 1502
04715-005 São Paulo SP
contato@carambaia.com.br
www.carambaia.com.br

63    $5. CASHIER

CASHIERS

62 | $5. CASHIER

OUT

CIP-BRASIL. CATALOGAÇÃO NA PUBLICAÇÃO
SINDICATO NACIONAL DOS EDITORES DE LIVROS, RJ

R893e
Runyon, Damon [1880-1946]
Eles e elas: contos da Broadway / Damon Runyon;
tradução de Jayme da Costa Pinto.
1. ed. – São Paulo: Carambaia, 2019.
272 p.; 17 cm

Tradução de: *Romance in the Roaring Forties; A Very Honorable Guy; Blood Pressure; Earthquake; Little Miss Marker; The Idyll of Miss Sarah Brown; What, No Butler?; Sense of Humor; Undertaker Song; Pick the Winner.*
ISBN 978-85-69002-50-5

1. Contos americanos. I. Pinto, Jayme da Costa. II. Título.

18-54471   CDD: 813   CDU: 82-34(73)
Vanessa Mafra Xavier Salgado – Bibliotecária CRB-7/66444